仁義なき嫁
横濱三美人

高月紅葉

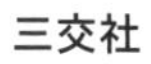

CONTENTS

Illustration

高峰 顕

仁義なき嫁

横濱三美人

本作品はフィクションです。
実際の人物・団体・事件などにはいっさい関係ありません。

1

空は青く晴れていた。中華街の雑踏を駆け抜けた男の足が、路地へと飛び込む。

息を切らして後を追う男の手がブラックスーツの袖を掴んだ。しかし、すぐに振りほどかれる。即座にジャケットの襟を掴み直した。追う男と逃げる男は、どちらも肩で息を繰り返す。二人の視線が、一瞬、交錯した。

どちらも中華系の顔だが、造りの精巧さはまるで違う。追い手の若い男は、繊細な美しい顔立ちをしている。ごつごつとした顔の追われ手は拳を開き、手のひらの付け根で白いシャツの胸元を叩いた。

一瞬の攻撃で肺を圧迫され、追い手の涼やかな眉間が狭まる。足元はぐらりと揺れたが、手はジャケットの襟を離さない。

白シャツの男の執拗さに、ブラックスーツの追われ手が苛立ちを見せた。舌打ちとともに足払いを仕掛け、同時に手首へ関節技を決めた。

勢いよく突き離された白いシャツの男はバランスを崩し、壁にぶち当たる。そのまま跳ね返り、汚れたコンクリートの上へ転がった。ブラックスーツの男は戸惑いを見せ、上半身を起こした男の頬へと手を伸ばす。

その指が肌に触れたのと同時に、第三者の手が伸びた。スーツの袖ごと腕を掴む。

「あんたら、知り合い？」

すっきりとした声だ。

中華街ではめったに見ない男性和装に、眼鏡をかけている。

ブラックスーツの男が、ハッと息を呑んで手を引いた。和服の男は一歩を踏み出す。

相手の手首を摑んだまま、出し抜けに蹴りを繰り出した。着物の裾がはためく。

片手を拘束されたブラックスーツの男は、空いている手で阻んだ。雪駄を引っかけた足を戻した和服の男は、楽しげに眉を動かした。

すぐさま拳を繰り出すと、ブラックスーツの男はすれすれでかわした。頬の近くで風を切る音が鳴る。和服の男はコンクリートをにじりながら前へ出た。好戦的だ。拳の向きがくるりと変わり、えぐるようなパンチがブラックスーツのみぞおちにめり込んだ。

ぐうっと唸って息を詰まらせた直後、男の目つきが変わった。握られているスーツの袖ごと振り回すように全身を動かし、和服の男を翻弄した。相手を転ばせようとする。だが、和服の男は機敏だった。あっさりと手を離し、飛び退った。

ブラックスーツの男は脱兎のごとく逃げ出し、姿はすぐに見えなくなる。

「ただのチンピラじゃねぇな」

見送った和服の男は、細い帯を親指でぐいっと押し下げ、眼鏡の位置を直す。鳶色の髪を掻き上げた。

「さっきのは知り合い？　どっかの危ない人？」

汚れたコンクリートから立ち上がれずにいる男へ手を差し伸べる。

「あれ？　男だった……？」

目を丸くして、ぴたりと動きを止める。そこへドタバタと足音が響いた。

「まぁた！　あんたは！」

ぜいぜいと息を切らしながら叫んだのは、肩にかかるほど髪を伸ばした男だ。続けて、

「一言、声をかけてください」

短髪を金色に染めた男も肩で息をする。振り向いた和服の男は、

「ワリぃ……」

駆けつけた男二人に向かって、言葉だけは申し訳なさそうに答えた。

「立てるか」

もう一度、声をかけられ、白シャツの男がうなずく。左手をかばいながら立ち上がる身体を和服の男が抱えるように支えた。

「ケガをしたんですか」

冷静に問う金髪の男の隣で、長髪の男がまくしたてる。

「あんたはケガしてないだろうな！　ここでは乱闘すんなって言っただろ。そこいらの繁華街を『掃除』するのとはワケが違うんだからな！」

「血が出てる。タモツ。ケガの程度を見てやって」

騒がしい長髪の男をさらりと無視して、和服の男は冷静な金髪を手招いた。

「すみません。見せてください」

「いえ、たいしたことありませんから」

断った男のシャツには血が点々とついている。左手首のあたりをケガしていた。金髪の男は容赦なく手のひらを剝がし、血が溢れ出る傷を凝視した。ポケットから出したハンカチで傷を押さえ、和服の男が差し出した手ぬぐいを強く巻きつける。

「傷は小さいですね。でも、早く洗った方がいい」

「もしもーし。俺の話も聞いてくれないかなー。基本的に、すごい大事なこと言ってんだけどー」

二人の後ろで、長髪がぼやく。

「黙ってろ、タカシ」

和服の男にきつくたしなめられ、長髪の男の声はボリュームを絞ったように小さくなっていく。白シャツの男が、ふっと笑みをこぼした。

「あの……、お礼を、させてください」

申し出ると、三人の視線が集まる。

「そういうのはいいんだよ」

若い二人を従えた和服の男は、軽やかに笑う。媚びるところのない仕草に、眼鏡で隠された繊細な美貌が滲み出す。

白シャツの男が答えた。

「この近くでカフェをしているんです。是非、寄っていってください」

「ふぅん。それなら、いいよな？　俺も喉が渇いてたところだ」

「……そこで立ち飲みのビール飲んだばっかじゃねぇか」

長髪がまたぼやいたが、和服の男の決定は覆らなかった。

2

遡ること、数日。

大滝組若頭補佐・岩下周平は、手にしていた書類を応接セットのローテーブルの上へ投げた。

天井からシャンデリアが垂れ下がった彼のオフィスは、黒を基調としたスタイリッシュな空間だ。一面がハメ殺しのガラス窓になっていて開放感がある。

「あれは都市伝説のようなものだろう」

睨むように見上げた先には、彼の秘書業務を担う文倉千穂が立っていた。ブリティッシュスタイルの三つ揃えスーツを難なく着こなし、ピンと伸びた背筋はまるで定規でも入っているかのようだ。

「申し訳ありません。『都市伝説』という言葉を存じ上げません。しかし、『神龍の宝玉』は実在します」

「『青島幇の至宝』か……。星花に聞いたことがある」

ふと黙り込んだ周平は、肘掛けについた腕で頭を支える。物憂い仕草が似合う色男だ。

三つ揃えのジレ姿で、揃えた人差し指と中指をひらめかす。

支倉がサッと動き、テーブルのシガレットケースからタバコを抜いた。周平に渡すと、ポケットからライターを取り出して火をつける。オイルの匂いがふわりと広がった。

「本当にお聞きになったんですか」

「聞いた。確か……、二つ一組だと言ってたな。使い道次第の毒……。それが消えたのか。足が生えて？」

「本当はご存知でしょう」

支倉の目がついっと細くなる。タバコをふかした周平は人の悪い笑みを浮かべて視線をそらした。

「『見る者の心を壊す邪悪な宝石』なんて、そんなものは信じない。『都市伝説』っていうのはな、支倉、都会の中で独り歩きする噂のことだ。『神龍の宝玉』も同じだろう。忍者が使う奇術も、元を正せば、タネも仕掛けもあるマジックだ」

「やはりご存知じゃないですか」

「おまえなら写真ぐらい持ってくるかと思っていたんだけどな」

「チャイニーズマフィアのトップシークレットですよ。そうそう簡単には手に入りません。普段は軟禁されているようですから」

「逃げ出した目的は？」

「ペット探しです」

「今回の取引の中から選ぶわけじゃないな」

数日後に、中華系シンジケートとの人身売買の取引が控えている。商品は周平の経営するデートクラブの男娼だ。基本的には客を取らせるだけで身柄までは売らないのだが、今回は仲介人も立っている特別な取引で、手付金もすでに支払われている。

売られる男たちはみんな、多かれ少なかれ事情があり、まともには暮らしていけない男ばかりだ。連れていかれた先に幸せがあるとも思えないが、日本にいたところで結果は変わらない。

「船上パーティーには現れるはずです。確か、年齢は二十歳前後かと……」

「客をさらわれたら面倒だな。年はその頃でも、身体は子どもだって話だろう。成長が止まっているらしいな」

「……そんなこと、どうやって聞き出したんです」

「ベッドの上なら、どんなことでも吐かせる。……嫁を取る前の話だ」

「別に、昨日のことでもかまいませんが……」

「おまえはそうだろうけどな。……今回の取引は、向こう側の仕掛けた『ネズミ取り』か」

「おそらくは……。好きにさせておくのがいいでしょう。信義会の一件で借りを作った部分もありますので、新たに貸しを作るには良い機会です」

「招待客がターゲットになったときの対処方法を決めておいてくれ。好みのタイプはわかってるのか」

「そんなことがわかるぐらいなら、写真も用意できています。組織の方でも彼を探しているようです。今回のパーティーは荒れるかも知れませんね」

「猫がネズミを追う程度なら、見逃しておけばいいだろう。破格の値段を提示するわけだな」

シンジケートの提示した取引額の大きさを不審に思っていた周平は、支倉に命じて裏を探らせていたのだ。

「今回を上手く切り抜けて、海上パーティーの開催はしばらく様子を見た方がいいな。警察と公安の動きも注意してくれ。俺の方からの働きかけはしない」

弱みは見せないに限る。警察にも公安部にも知り合いはいるが、使うのは、ここぞというときだけだ。下手に心を許すと、後々が面倒になる。少々のことなら泳がしておく方がいいときもあるのだ。

「招待客の中に数人、同業者がいるようですが」

支倉が書類に近づき、一枚の紙を引き抜いた。そこに書かれているのは、数人のヤクザの名前だ。

周平は静かに息を吐く。

「仕事が粗いな……。内部調査を入れた上で、説教だ。たまには徹底的に詰めてやる」

タバコを灰皿で揉み消した。デートクラブの運営を担当する組織と、パーティーを主催する組織は別だが、どちらも周平のフロント企業であり、表向きにはカタギを装っている。

舎弟同然だからこそ、同業者につけ込まれても言い出せずに、ますます弱みを握られたりするのだ。たまに揺さぶってやれば、悪いホコリも溜まらなくていい。

「では、パーティーまでにすべて、調べておきます。このリスト内の人間は穏便にお断りするということでよろしいですね。当日の取引には立ち会われますか」

「見たいからな」

興味があるのは、チャイニーズマフィアが手を焼く『神龍の宝玉』の正体だ。

「承知しました」

多忙な周平に代わり、痒いところにも手が届くほどの働きをする支倉が書類をまとめて引き上げる。部屋を出る前に呼び止めた。

「今日はもういいだろう」

「いえ、この後は秋の定例会についてのお話が」

「明日にしてくれ」

「明日には明日の予定があります。来週からは、定例会のための渉外活動が始まりますので」

淡々と話す支倉を睨みつけ、周平はうんざりとした。

ただの寄り合いだ。招集に従っておとなしく出席すればいいものの、ヤクザの幹部たちは何かにつけて地位や権利を主張したがる。素直に従ったら損をすると思っているのだ。

そして、まず間違いがない。『ゴネ得』が罷り通る世界だ。一人がわめけば、対抗心を燃やした敵対者が暴れ出す。

そこを調停するのが、数人存在する若頭補佐の中で一番若い周平の仕事だった。

「夕食はご自宅で取れるように配慮しますので」

上司の不機嫌を感じ取った支倉は、物静かに告げて部屋を出ていった。

周平が帰る場所は、大滝組の組屋敷だ。

大広間で披露宴を行い、仮住まいとしていた離れに寝起きを始めて、もう三年になる。

相手は、兄貴分である若頭の岡崎が見繕った『男』だ。もちろん同性婚はまだ法的に認められていない。

周平の言い出した『悪ふざけ』には、さすがの若頭夫妻も眉をひそめた。なにより反発したのは姻戚関係を持とうと画策していた幹部たちだ。

若い周平を次期組長候補の神輿に乗せ、金も権力も自分たちの思い通りにしようとしていた連中だった。だからこそ、周平と若頭・岡崎は、茶番とわかりきった男同士の結婚をもってして、二人の結束の証としたのだ。

そして、寒い冬の夜。日暮れから雪が降り始め、紋付き袴で集まった幹部たちは、隙あらば披露宴を無効にしようと息巻いていた。

彼らを沈黙させたのは、仲人の若頭夫妻でも、上座に座った大滝組組長でもない。

雪のような白無垢を着た『花嫁』だ。

何人もの候補者を却下していた周平は、顔にさえ興味が持てなかった。岡崎のお気に入りだというだけで決めた相手だ。前だけを見ていた分、ずらりと並んだ幹部たちの驚愕は手に取るようにわかった。

ぽかんと口を開く者、眉をひそめて凝視する者。そして、女だ男だと言い争う声。

周平はちらりと相手の手だけを見た。

おしろいをはたいた手は、男の節くれた指をしていた。でも、不思議なほど華奢に見え、ひどく苦労した女の痩せた指にも思えた。それが、たった一人の構成員として、病に倒れた組長の入院費を賄うため、男嫁になることを引き受けた佐和紀だった。

披露宴を終え、初夜用の羽二重に着替えて離れの和室へ入ると、男は和室の障子のそばに横たわっていた。周平を待ち疲れて眠ってしまった顔は妙に幼く見え、初夜の緊張感さえ乏しいところをおぼこく感じた。

「おかえりなさい」

母屋の玄関を上がったところで、声がかかる。ちょうど駆けつけた佐和紀がにこりと微笑(ほほえ)んだ。

きっちりと着つけた寝巻用の浴衣(ゆかた)がほんのりと艶(なま)めかしく、風呂(ふろ)に入ったばかりの頬はまだ上気している。

「ご飯食べてないって聞いたけど……」

自宅で食事が取れるようにすると支倉は言ったが、時刻はすでに午後十時を回っている。軽食を摘(つ)まんだだけで、食事は取っていない。

「ただいま。……腹は減ってる」

近づいていって、腰へ片手をまわす。引き寄せるまでもなく、くちびるが重なった。すぐに離れてしまうのが惜しくて追いかけると、佐和紀の手は落ち着かないようにジャケットの胸元を撫(な)でた。

「何か、作ってやるよ。魚と肉と、どっちがいい？　ご飯はお茶をかける？」

「肉と白米。がっつり食いたい」

「じゃあ、着替えてる間に作っておくから」

そっけないほどあっさりと離れていく腕を摑んだ。

少しでも早く空腹を満たしてやろうと思う佐和紀の優しさは百も承知だ。それでも、もう少しだけ、涼しげな美貌を見つめていたくて引き止める。

「飯を食ったら、アッチもがっつりと、な……」

欲望を微塵も隠さずに告げると、佐和紀の頬はさらに赤くなり、視線が落ち着きなく揺れ動いた。くちびるがぱくぱくと空気を食み、まるで金魚か鯉だ。

「俺のために、今夜も隅から隅まできれいに洗ったんだろう？　一人で抜いてないだろうな」

「……バ、バッカじゃねぇの！」

ほんの一瞬、あきらかに放心した後で、佐和紀は激しくまばたきを繰り返した。照れた顔は耳まで真っ赤だ。

「したのか？」

「してない……っ。だって、すぐに帰ってくるって、連絡があったし……」

「一緒に入りたかったな。風呂……」

「嫌だ。おまえ、すぐ……。風呂の中は、声が響くから、ヤだ」

両頬がプクッと膨れて、佐和紀はあたふたと周平の腕から逃げ出した。

「シャワーを浴びてから行く」

背中に声をかけると、振り向いた佐和紀はコクコクとうなずいた。

すぐに帰ってくると聞いて、帰宅までのわずかな間に風呂を済ませておく嫁がたまらなく愛らしい。食事をしてもしなくても、すぐに手を出されると知っているからだ。

そんな男も、初夜の夜には反発した。がぶっと噛みつかれた痛みが下半身に甦り、周平は思わず身を震わせる。

噛まれたのは急所だ。あの瞬間に、弱みを握られたのかも知れない。今はもう、抜き差しならない二人だ。

シャワーを浴びた周平が母屋の台所へ入ると、奥のカウンターキッチンから佐和紀が顔を覗かせる。テーブルに着いているように勧められたが、料理をしている姿を眺めに行く。すぐに食欲をそそる匂いが迫った。フライパンの上の生姜焼きが音を立てている。

周平の望むままに軽いキスを交わした佐和紀が、

「酒でも飲んじゃおうかな～」

食欲を刺激された顔で陽気に言う。それから、てきぱきと食卓の用意を始めた。

古巣のこおろぎ組にいるときは組長と二人きりの長屋住まいで、家事全般に加えて金を稼いでくるのも佐和紀だったと聞く。元来、働き者の男だから、動き出すと周平が手伝う暇もない。箸を並べるように頼まれて、子どもの使いだと笑いながら従う。それもまた、幸せな一瞬だ。

缶ビール一本を手にした佐和紀が周平の向かいに座り、食事の時間はあっという間に終わった。もちろん、言葉にはしない目的が後に待っているからだ。

食器を洗う佐和紀の背後に立ち、周平は待ちきれずにエプロンの内側に手を伸ばした。浴衣の合わせに指を忍ばせ、肌着もつけていない胸を探る。女に比べれば平たいが、柔らかな筋肉は触り心地がいい。

佐和紀の身体がびくっと跳ねる。

「……っ。バカ……」

「もうコリコリに勃起(ぼっき)してる。こっちはどうだ」

裾を乱すと、さすがに肘で突かれた。かまわず、下着の上からぎゅっと摑む。まだ芯(しん)を持ち始めたばかりだったが、そこも感じやすい反応で硬くなる。

「……待っ、て……んっ……」

手にした茶碗の泡を流せば、後片付けは終わる。でも、佐和紀はなかなか動かなかった。周平はなおもぴったりと寄り添い、石鹼(せっけん)の爽(さわ)やかな香りが漂う、うなじへ吸いつく。

「周平っ……」

佐和紀が茶碗を取り落とした。耐えられずにびくびくと震える身体が逃げようとするのを許さず、周平はきつく乳首を摘まんだ。キュッと刺激を与え、やわやわと根元をこねる。

「はぅ……っ」

じっくり仕込んだ性感帯への愛撫に、佐和紀は伸び上がるようにして背をそらす。柔らかな髪が周平の頬をくすぐった。

「ここで搾ってやろうか？　うん？」

耳元へねっとりとささやきかける。

「……怒る……から、な……。死ね……っ」

シンクのふちに摑まった佐和紀は、立っているのもやっとの息を繰り返す。周平は浴衣から手を抜いて、リラックスパンツの前をこれ見よがしに押しつけながら、転がった茶碗を拾い上げる。泡を洗い流して水切りへ置き、濡れた手を佐和紀のエプロンで拭う。

腰裏で結んだ紐を解き、拗ねて嫌がるのをあやしながらエプロンを剝いだ。

「佐和紀……、今度はおまえの身体が欲しい。味がなくなるまでしゃぶり尽くしたい」

「言い方が、イヤ……」

背中から抱かれた佐和紀が、肩越しに振り向く。言葉とは裏腹に、瞳は甘く蕩け、もうすっかり周平との時間に酔っている。

それを見るだけでも猛る下半身を自制して、周平は優しいそぶりでくちびるを重ねる。まだときどき、快感や卑猥さに怯えることがある純な嫁だ。

怖がらせないようにそっとくちびるをついばみ、甘い吐息を吸い上げながら舌を絡め合う。腕の中で佐和紀が震えると、周平の身体も淡くさざ波立った。

出会えたこと以上に、愛し合えたことが奇跡の二人だ。今夜も周平は身に余る幸福に溺(おぼ)れ、佐和紀をかき抱く。背中にまわした腕でひしっとしがみつかれて、周平はひそやかに眉根を寄せた。せつなさが、身悶(みもだ)えるように燃えていく。

お互いの視線が絡まり、もうすでに繋(つな)がっているような充足感を貪(むさぼ)り合う。どこもかしこも敏感になり、吐息さえも痺(しび)れるほどに互いを高めていく。

「抱かせてくれ、佐和紀……」

「ん。……抱いて。抱いて欲しい……周平」

言葉では言い表せない二人の関係を確かめ合うために、指先はきつく絡んだ。

離れの寝室に入ると、もう佐和紀が抵抗することはない。

素直に浴衣を脱ぎ捨て、周平の手に引かれて横たわる。バランスのいい体格を覆うのは、ほどよく鍛えられた薄い筋肉だ。パワーよりも俊敏さを優先している、しなやかな肢体に指を這(は)わせた周平は、身をかがめた。吐息で後を追いかけると、佐和紀はくすぐったそうに身をよじらせて逃げる。

女のふくよかさとは違う腰はすっきりと清廉で、硬い蕾(つぼみ)のような色香だ。下着を引きずりおろし、いたずらな強引さで片足から引き抜く。

そのまま足首を掴んで開くと、股間(こかん)を隠そうと手を伸ばした佐和紀に睨まれた。

「乱暴なのは、嫌か？」

片頬だけで笑むと、佐和紀はいっそう不機嫌にくちびるを尖らせる。

相手が男だからといって、欲情に任せた乱暴が許されるわけでもない。

佐和紀は何も言わずにぷいっと顔を背けた。眼鏡をかけたまま、ぎゅっと目を閉じる。

周平がそういう気分なら付き合うという意思表明だ。

「指と舌と、どっちでほぐして欲しい」

佐和紀の顔から眼鏡を取り、周平はうなじへと鼻先を潜り込ませる。くすぐるようなジャレつきのすぐ後で、キスを繰り返す。柔らかな耳朶を吸い上げ、そっと耳のくぼみを舐める。

「うっ、ん……」

くすぐったいだけじゃない声を出した佐和紀の手が、周平の腕を掴んだ。欲情に濡れた目で恨めしげに見られる。

「……指が、いい。顔を見て……イキたい……」

「足を開いて、抱えてろ」

「恥ずかしいから……嫌だ」

「じゃあ、這いつくばってケツを上げるか？」

「そういう言い方……。……顔見たいって、言ったじゃん……」

拗ねる佐和紀は、爪でしきりと周平の腕を掻く。カリカリと音が鳴るのを聞きながら、周平からキスをする。ローションへ手を伸ばした。

「ほら、いい子だ。恥ずかしいのを忘れるぐらい、気持ちよくしてやるから」

膝（ひざ）の裏を押し上げ、佐和紀の腕に抱えさせる。指の先にとろみのある液体を出し、馴染（なじ）ませて這わせると、佐和紀は怯えるように自分の膝へ額をすり寄せる。

引き締まった足の付け根の間では、硬くなった雄の象徴がふるふると震えていて生々しい。すぼまりをぬるぬると撫でていた周平が中心をツンと突くと、佐和紀の腰はじれったく揺れ、息が儚（はかな）げにほどける。

周平は性器の裏筋をつつっとなぞって、くすぐるようにすぼまりの中心に指先をあてがう。ぐっと押し込み、ぬめりを塗りつけた。

「……んっ」

刺激に反応する佐和紀は小さく喘（あえ）ぎ、周平はそのまま窮屈な穴へ指を差し入れた。きゅっと締まった後で、佐和紀の呼吸とともにほどけていき、そしてまた、熱い内壁は狭くなる。

「ま、待って……。だ、め……っ」

止める声に真実味はない。息遣いは熱く火照（ほて）り、膝で隠そうとする顔はすでに快楽に酔っている。

息が整うのを待たず、周平の指は動き出す。すぼまりのきつさを楽しむような動きに翻弄された佐和紀がのけぞって息を吸い込む。

「うっ……ん、んっ……あっ、あ……」

「ダメって言ったのに、もう欲しそうだな。うん？　このまま、イカせてやろうか」

もう片方の手で昂ぶりを握る。くちびるを噛んだ佐和紀が膝の間から視線を投げた。真正面で受け止めた周平は眉をひそめ、眼鏡をかけたまま、自分自身にローションをまぶす。

まだほどけきっていないと承知で先端をあてがい、体重をかける。苦しげに悶えるような佐和紀を眺めおろし、

「入っていいか……」

甘い声を低く響かせる。

「ダメって言っても、する、くせに……」

「当たり前だ。今夜は俺の身体でよがらせたい」

佐和紀の両膝を掻き分け、片方では腰を引き寄せる。もう片方では胸の突起に手を伸ばす。

「嫌なら、そう言えよ。手加減して抱いてやる」

責める言葉とは真逆の繊細な指先が、佐和紀の小さな乳首を優しく摘まんでこね回す。やわやわとした刺激に合わせて腰が寄り添う。周平の腰を、膝できゅっと挟んだ佐和紀は両手を伸ばした。周平の肩を掴み、引き寄せながら首筋にしがみつく。

「あっ、ん……。硬い……、すご……、んっ、ん」

「気持ちいいだろ？」

「……ん。いい……、きもち、いっ……んっ！」

胸の突起をぎゅっとひねられて、佐和紀の声が弾む。そこですかさず、深みをえぐるような動きをした周平は顔を近づけた。

片膝を腕ですくいあげながら、空いている方の突起へ吸いつく。舌で舐め転がすと、佐和紀の身体は震えるようにわななないた。

「んっ、ふ……っ。う、んっ……んっ」

甘い声がたっぷりと周平の耳へ注ぎ込まれ、頭部をかきいだくように動いた佐和紀の指が周平の眼鏡を押し上げてはずす。

「嫌、じゃないっ、から……。もっと、して……っ」

布団の外へ眼鏡を滑らせた佐和紀の指を、周平の手が追う。指先が絡まって、佐和紀は喘いだ。ガツガツと腰がぶつかるたび、太くて硬い楔(くさび)が内壁を掻き乱す。

「あっ、あっ……、うぅっ……」

それだけでも息をすることさえ怪しくなるのに、周平の濡れた舌先はねろねろと卑猥にうごめいた。自分の快楽のための愛撫ではない。

ただ佐和紀を感じさせ、満足させるのが周平の望みだ。その結果、敏感になった柔らかな肉で締め上げられるのは、幸せなおまけに過ぎない。

全身全霊を傾けるほど、周平は佐和紀を愛している。それは指先にも、乱れた息遣いにも、淫らな腰つきにも顕著だ。

この世でたった一人の相手だと言わんばかりに愛される佐和紀は、どんどん激しくなっていく快楽の渦に耐えて奥歯を噛みしめる。

快感はさらに深度を増し、幾度となく身悶えて背をそらす。

感じていることを隠しはしなかった。差し出される甘い性欲の果実を、蜜を滴らせながらかじる。

それが周平の愛に対する佐和紀の返答だ。

「あっ、あっ……ぁあっ……っ」

佐和紀の肌がざわざわと震えて、しっとりと汗が滲む。あごを上げていた佐和紀は、ふいに胸元から周平の額を押しのけた。

開いた佐和紀のくちびるの間に赤い舌先が見え、キスを呼ばれた周平は色めいて笑いながら、くちびるをぴったりと重ねた。腰でさらに奥を穿つと、佐和紀の踵が周平の太ももをなぞる。

口にする愛も、口にしない愛も溢れていき、二人の息遣いは激しく乱れる一方だった。

3

中華街の裏路地で佐和紀が助けた白シャツの男は、見た目通りの非力であるらしく、小さな頭部に形のいい目鼻がバランスよく配置され、物静かな雰囲気がする。

カフェへの道すがら、争っていたスーツの男に財布を奪われたと話し、ケガを負った手をかばいながら何度もため息をつく。

大通りを挟んだ反対側の路地へ入ると、五分もかからずに店の前へ着いた。

掲げた看板には『月下楼（げっかろう）』とあり、外装は趣味のいいシノワズリだ。内装はさらに亜麻色の木工細工でまとめられていて、中華街らしい異国情緒が感じられる。

入ってすぐにカウンターがあり、その後ろには量り売りのための茶筒がずらりと並んでいた。

佐和紀たちと入れ違いに先客の女性たちが出ていく。飲み物を用意すると言って離れた白シャツの男は、長身の店番を呼び止めた。

ぞろりとした長袍（チャンパオ）を着て、鼻の頭にはちょこんと小さな丸眼鏡。長い髪はひとまとめにして肩へ流している。

彼が店の外に札を出し、奥へ引っ込む。茶器の乗った盆を手に再び現れた。

「あいやぁ。暁明が迷惑をかけたアルね。あの顔ヨ。すぐに変な男が寄ってくるネ」

あまりにも胡散臭い中国訛りが飛び出し、佐和紀たちは揃って目を丸くした。カタコトの日本語でも、もっとましな話し方があるはずだ。

しかし、当の本人はしらっとした顔で、手際よく三人分の中国茶を並べた。自分の口調を気にしている様子はない。

心地よく響く胡弓の音色の中、男の顔を凝視する三井の不躾をたしなめ、金髪の石垣が相棒の脇腹を肘でつつく。見た目以上に鋭く入ったのか、

「痛ぁッ……」

顔を歪めた三井は恨みがましい顔になる。

「店の臨時休業は予定通りネ。手当が済んだら、あらためて挨拶するアル。ゆっくりして待つアルのコト、よろしくネ」

陽気な男が去った後で、まだ脇腹をさすっていた三井は声をひそめた。

「あれって、わざとやってんだよな」

「わざわざ？　そんなこと、ないだろう」

抜き染めの阿波しじらを着た佐和紀は、手元のカップを見ながら片頬を歪めて笑う。中国茶につけられた花の香りを吸い込み、顔をあげた。

「どうした」

視線はもう一人の舎弟・石垣を追った。

「いえ、このカフェの名前、どこかで聞いたなと思って……」

「このお茶、すげぇいい匂い！」

「タカシ、おまえもちょっとは警戒しろよ」

「タモッちゃんが神経質なんだよ。確かにあの兄ちゃんは胡散臭いけど、シャオナンチャラさんは普通だろ。それとも、ハニートラップだとか思ってんの？　うちの姐さん、意外に美人に弱いからなぁ」

「綺麗な顔してたよな」

相槌を打った佐和紀が続ける。

「女かと思ったから助けたんだけど」

「下心が微塵もないってわけじゃねぇよな。あんたはそこが油断ならないんだけど。でもさ、自分の方がよっぽどだってわかってる？」

「うん？　俺の方が美人か」

佐和紀はにやりと笑う。繊細なつくりに独特の艶めかしさが生まれ、三井は大仰に顔を歪めた。その隣に座る石垣は眩しそうに目を細める。

「タモッちゃん……。ゆるんでる、ゆるんでる」

相棒から肩をつつかれ、ハッと息を呑む。襟足を掻きながら照れ笑いを浮かべ、

「佐和紀さんの方がよっぽど綺麗です」

などと言うから、三井はがっくりと肩を落とした。

「いやさぁ、そこでそれを言うか」

「そういうとこ、シンと似てんだよな。真っ向勝負は嫌いじゃない」

真正面から褒められた本人は頬をほころばせる。

「だーかーらー、それ、どういう勝負なんだよ」

三井の指先が、とんとんとテーブルの端を叩く。

「俺もシンさんも言葉を惜しまないタイプなので」

「惜しめよ」

三井がさらにツッコむ。

「だいたい、タモッちゃんもシンさんも初めから負けてんだよ？　アニキの嫁相手に……」

言葉がそこで途切れたのは、臨時休業の札を出したはずの店のドアが動いたからだ。三人連れの男が入ってくる。

「俺が行ってきます」

説明しようと石垣が立ち上がる。テーブルのそばをすり抜ける寸前で、佐和紀が腕を摑

んだ。

「顔見知りだ」

その一言で、三井と石垣は店へ入ってきた相手をまじまじと見た。そのまま黙り込んだのは、三人のうちの一人に目を奪われたせいだ。

すっきりした鼻筋と切れ長の妖艶（ようえん）な瞳。長い髪を片側へ寄せ、スタンドカラーのチャイナシャツの肩に流している。胸はすっきりと平らで、骨格からして見間違いようもないほど『男』だ。

それでも太鼓判を押したくなるぐらいに美形だった。

「なんだよ。男じゃない美人はいねぇのかよ」

唖然（あぜん）とした顔のまま三井が悪態をつき、椅子（いす）の背に腕を預けた佐和紀は、石垣をそばに立たせたまま「よっ」と声を張った。

「変わったのを連れてるな」

どこから声が飛んだのかと店内を見回した男は、すぐに佐和紀たちに気づいた。大輪の花が震えてほころぶように微笑む。雰囲気はどこかしっとりと暗く、そこにいるだけで夜の気配がする。まっすぐに進んでくる足取りにさえ艶めかしさがあり、女のような色気が振りまかれた。

「これは、奥さま。お久しぶりです」

　その場に膝を沈ませた男が頭をさげた。

　芝居がかった仕草にも臆(おく)することない佐和紀は、楽しげに目を細め、直るように促す。同時に、警戒心を露(あら)わにしている石垣にも着席を命じた。

「相変わらず、お綺麗でいらっしゃいますね」

　見るからに一癖も二癖もありそうな美形の男は、佐和紀に向かって口を開く。

「おべっかはいいよ。あんたの方が綺麗だ。なぁ、そっちの二人は双子？　顔がそっくり」

「燕(イェン)と鶯(イン)です。どうぞ、お見知りおきください」

　燕(つばめ)と鶯(うぐいす)だと、男が名前の意味を説明する。

　そのとき、三井が「あっ」と声をあげた。男の正体にひらめくものがあったのだろう。

　ちらりと睨みつけた佐和紀は、向かいに座る二人をあごで示した。

「この二人は俺の世話係で三井と石垣。バカと秀才って意味」

「いや、違うだろ！」

　男の正体を石垣に耳打ちしていた三井が、冷静に声をあげる。悪口は聞き逃さない男だ。佐和紀はことさらに無視して、小首を傾(かし)げた。

「星花。この店は、臨時休業中だから」

「知っています。友人の店なので。今日は約束があって来たんですが……。そちらこそ、どうされたんですか」

「まぁ、ちょっと」

言葉を濁した佐和紀に向かって、星花はうっすらと目を細めた。それだけで性的な退廃が匂い立つ。そこへ、店の奥から声がかかった。

「お知り合いでしたか」

傷の手当を済ませた暁明が現れる。胡散臭い中国訛りの男は出てこなかった。

「佐和紀さん、本当にありがとうございました」

「ケガをする前ならもっとよかったんだけど」

「小さな傷でした。ご心配なく」

そう言って見せた左手には、大きな肌色のテーピングが貼られている。

「暁明。こちらは、大滝組若頭補佐の……」

二人をあらためて引き合わせる星花の言葉に、柔らかな弧を描く暁明の柳眉が動いた。

「あぁ、そうでしたか。お噂は、かねがね……」

驚いたらしく、言葉に戸惑いが滲む。

関東随一の勢力を誇る大滝組は、広域指定暴力団として全国に名が通っている。でも、そこに反応したわけじゃないことは明白だった。

星花が友人に向かってうなずく。

「こちらが、その、噂の『奥さん』。暁明は俺と同じ情報屋です。裏稼業ですが」

「岩下さんにもお世話になって……えっと」

そこで、暁明の目が泳ぐ。隣に並んだ星花が肩をすくめた。

「俺とは違って、直接的なやりとりはありませんから。その下の人間と、信義会の入れ替えのときに少し……。お二人がご結婚された後のことです」

「じゃあ、俺のお噂はそいつから？　誰？」

「……そこは、俺と管轄が同じなので」

星花が言葉を濁す。佐和紀にはわかった。

人探し専門の情報屋をしている星花の管理は、佐和紀の世話係でもある岡村慎一郎の役目だ。

「ふぅん。へー」

佐和紀は目を細め、あらためて暁明を見た。

目鼻立ちのはっきりとした星花の美貌には劣るが、薄いくちびると黒目がちな瞳がアンニュイな暁明も美しい。二人が並べば、牡丹と芍薬が咲き競っているようだ。

「え？　あの……。わたしは星花と違って、『それ』を要求したりは……。報酬は金です」

「あ、そうなんだ。ごめん。てっきり、そういうことかと」

「俺が特別に淫乱なんです」

妖艶に微笑む星花に見惚(みと)れたのは、佐和紀だけじゃない。三井が、飲みかけた茶を口からこぼし、石垣に叱責(しっせき)される。

「しかたないだろ」

ぼやいた三井は、星花から艶(つや)っぽい流し目を向けられ、さらにむせた。

「おまえ、情けない……」

額を押さえた石垣がぼやく。

「タカシは俺より、こっちが好みか」

「どっちも男じゃねぇか」

佐和紀にからかわれ、眉を吊(つ)り上げる。

だが、椅子の背に腕を預ける佐和紀と、その脇に立つ二人の美人。その絵面の持つ、ざわざわとした艶めかしさは独特だった。佐和紀が一番地味な顔立ちなのにもかかわらず、もうすでに二人を従える貫禄(かんろく)を見せている。圧倒的な存在感だ。

「準備はできてるのか」

要件を思い出したように、星花が暁明へ声をかけた。

「パオズが取りに」

暁明の答えを聞き、星花はくるりと振り向く。

「佐和紀さん、今夜は暇ですか。船上パーティーがあるんですけど、よろしければ」

双子を観察していた佐和紀に言葉が届くより早く、暁明が星花を制した。

しかし、星花は指先を向けて返しただけだ。二人のやりとりを、佐和紀は静かに目で追った。

「船上パーティー？　何、それ」

「豪華客船ですよ。ショーもあるし、ダンスパーティーも。ダンスはプログラム制なので、ワルツもあればソウルステップも。ジルバもあるんじゃないかな」

「ジルバ……」

佐和紀の腰がスッと伸びる。

「姐さん、ダメですよ。姐さん」

テーブル越しに身を乗り出した石垣がトントンとテーブルを叩いた。

「タモツ。ジルバ、踊ったことある？」

「あるわけないです。何十年前の流行ですか」

「そんなに古くはないだろ。俺がガキの頃は踊ってたよ」

「まさか……。っていうか、そういう問題じゃないので」

「お付きの二人も一緒なら問題ないのでは？　暁明、パオズに連絡入れて、三人分の衣装も用意させて」

星花に言われ、暁明は顔をしかめた。それでも踵を返す。

「ちょっ、と……困りますっ！」

「姐さんも、断って！」

石垣の焦りに声をかぶせた三井も必死になる。

「おまえらも来るならいいだろ」

「いいこと、ないっ。なぁ、タモッちゃん！」

「ない、ない」

ぶんぶんと頭を振った石垣が、星花を睨んだ。

「そのパーティー、アニキのとこのアレなんだろ」

「え。そうなの？」

隣の三井が小さく飛び上がる。

「おまえ、行きたいんだろう？」

佐和紀が、ピッと人差し指を向ける。と、嬉しそうな声を出してしまった三井は表情を歪めた。石垣がダンダンッとテーブルを叩く。

「おまえは、何を……！　そういうのは、姐さんのいないときに頼めば、いくらでも行けるだろ！」

「なぁ、タモツ。普通のパーティーなんだろ」

佐和紀に問われ、石垣はごくりと息を呑む。

「……半分半分です。でも、こんなことがアニキに知れたら」

「言うからバレるんだよ」

さらっと答える佐和紀は、自分の旦那の恐さを知らない。

「途中でも帰れるんだろ？」

「もちろん。タグボートが港と船とを行ったり来たりしてます」

にこやかに答えるのは星花だ。

「それに、ＶＩＰエリアに入るには、特別なチケットが必要だから、まぎれ込む心配もありません。大丈夫ですよ。そのあたりのセキュリティの強さは、知ってるでしょう」

星花がテーブルに手を置く。顔を覗き込まれた石垣は、ぐっと喉を詰まらせる。

「俺の世話係を取って食うなよ」

笑った佐和紀が、星花の肩を引いた。

「タカシ、タモツ。俺は行く。おまえらは好きにしろ」

「佐和紀さんが用心棒を必要とされるなら、この双子を付けますよ。腕は立ちます」

「へー、そうなの。何やるの？　空手？」

「中国武術です」

答えるのは双子ではなく、やはり星花だ。その一方で、

「好きにしろって……」

「できるわけないし……」

石垣に続いて、三井がぼやく。二人は顔を見合わせ、携帯電話を取り出した。

「どうする？　アニキに連絡入れとく？」

三井が声をひそめる。

「あぁ、おまえ、入れといて」

「無理。タモッちゃん、やって」

「電話ぐらいできるだろう」

「無理無理無理。イラついた声聞くと、股間がスースーするから。とりあえず、手本見せて」

「バカだろ」

息をひとつ吐き出した石垣は、携帯電話を操作する。画面に表示された番号をじっと見つめ、

「シンさんでいいよな。今日は一緒にいるって言ってたから。……シンさんに連絡入れとこう」

別の番号を検索し直した。

「それがいい」

三井は、こっくりとうなずいた。

星花が佐和紀を誘った船上パーティーというのは、富裕層向けに開催される社交パーティーのことだ。暴力団と関わりのないイベント会社が主催だが、それは表向きで、実際には大滝組若頭補佐・岩下周平の企業舎弟が嚙んでいる。

VIPエリアには、カジノあり、セックスショーあり、乱交会場も用意されていて、非合法な遊びに耽ることができた。

裏社会の情報屋である星花と暁明にとっては、情報網を広げつつ顧客を得るための社交の場でもある。

「旦那は仕事にかかりっきりのはずだから」

佐和紀が着替えている事務所のドアの前で、暁明は自分の腕を撫でさする。

「あの舎弟たちには適当な女をあてがえばいい」

「ろくでもない考えだ……」

言葉とは逆に笑いながら肩をすくめた星花は、幼馴染みの顔を覗き込む。

「バレたら面倒なことになる」

「それでも、味見したいんだろ？　相手は男だ。遊び方ぐらい知ってるだろう」

おとなしそうな顔をしているが、暁明も裏社会に生きる男の一人だ。岩下周平に執心している星花の気持ちも知っている。

本当は、路地裏で顔を見たときから佐和紀の素性に気づいていたのだ。店へ着いてすぐ星花に電話をかけ、パーティーに連れ出そうと持ちかけた。

今夜、周平がチャイニーズマフィアとの取引で乗船することも承知の上だ。仕事中の旦那が佐和紀を呼び戻すことはない。あとは口説く星花の腕次第だ。そこに不安はなかった。

星花は本物の色情狂だ。男なら誰でもいいと公言するほどセックスが好きだが、恋に落ちたことは一度もない。けれど、ただ一人。周平だけが特別だった。結婚したのを機に関係を切られ、舎弟に預けられた後も、吹き溜まったままの想いを引きずっている。

もう二度と抱かれることがないなら、せめて周平から愛情を傾けられている嫁と関係を持ちたいと、これもまた叶わない野望を抱いているのだ。

「嫌ならしなくてもいいんだよ」

暁明はわざとらしく優しい言葉をかけた。艶めかしい星花が答える前に、事務所のドアが開く。

長襦袢の前を押さえた佐和紀が顔を出した。

「なぁ、あれを着るの？　あれって……」

「大丈夫です。男性サイズですから」

暁明はにっこりと微笑んだ。ドアを開いて、中へ入る。後に続いた星花が再びドアを閉めた。

「俺たちも着替えます。ホックが留めにくいなら言ってください。手伝いますから」

不満げな佐和紀が何か言い出す前に、星花と暁明は服を脱いだ。

「マジかよ」

ぐったりとした声を出し、その場にしゃがみこんだ佐和紀は、顔に似合わない仕草で髪を掻き乱す。

「……これって、さぁ」

言いかけて口をつぐんだのは、星花たちが下着一枚になったからだ。男同士でもまじまじと見るのは不躾だと思うのだろう。視線をそらして立ち上がる。

ぶつぶつと文句を言いながらも、パオズが持ってきた紙袋から着替えを引っ張り出した。佐和紀用だと言われたそれは、とろりとした生地で、着る人間を選ぶ紫色だ。

「あいつらはスーツなのに、俺だけがチャイナって、意味わからないんだけど」

そうぼやいたときには、ホック留めを手伝った暁明と鏡に映っていた。

「これ、下はないの？　ズボンとか」

ベトナムのアオザイをイメージしたのか、佐和紀はきょろきょろとあたりを見回す。鮮やかな紫に牡丹と蝶(ちょう)が描かれた裾はぞろりと長く、脇にはかなり深いスリットが入っている。

「佐和紀さんだけじゃないですよ」

隣に立つ暁明はホテイアオイの花が裾から胸元へと続いているノースリーブのチャイナドレスだが、スリットは控えめで膝から下だ。

鏡越しにちらっと見た佐和紀は、眼鏡を押し上げた。

「そういうことじゃなくて。あいつらはスーツだっただろ」

「すみません。急なことだったから、一着だけ足りなかったみたいで」

「三人の中なら、佐和紀さんが一番着こなせるじゃないですか」

鏡の横で半開きになっていたドアの向こうから、艶やかなチャイナドレスを着た星花が姿を見せる。全体にレースをかけた仕立ては、胸の上部から肩にかけて下地がない。

柔らかく波打つ髪が片側に寄せられ、露わになった反対側のうなじが色っぽい。

「似合う、な……」

佐和紀があきれ声を出す。

星花も並び、鏡の中に三人が映る。三者三様のチャイナドレスだが、誰も女装はしていない。

すでに薄化粧をした二人は、佐和紀の眼鏡を取り上げる。眉を整え、くちびるにグロスを乗せた。

「新鮮ですね」

星花がうっとりとささやく。佐和紀は自分の顔には興味を示さず、しきりとスリットの深さを気にした。

「これ、足が見えすぎだろ」

「夜だからいいじゃないですか。客船まではボートですし、乗り場までは車を出します。佐和紀さん、足が綺麗だ」

星花の指先が、スリットの始まりをそっと撫でる。性的な仕草だったが、互いのスリットの深さを比べるのに一生懸命な佐和紀は気づかない。

「これ、男が着る用に作ってあるの？」

「そうです。身体のラインが少しでも華奢に見えるようにデザインしてあります」

胸の部分も、ぴったりとしていて、ふくらみの入る余裕はない。少しでも肩幅を狭く見せるための工夫があるらしく、袖付けの位置も独特だった。ノースリーブが着られるのは、暁明のように肩幅のない男だけだ。

「星花は腰が細いんだな」

佐和紀が屈託なく手を伸ばす。触れられることに動じない星花は微笑んだ。

「切り替えでさらに絞ってます。通常デザインでも大丈夫な佐和紀さんの方が細いんじゃないですか」

星花の手がするっと腰裏を引き寄せ、佐和紀はつんのめる。

「ちょッ……」

驚いた佐和紀の手はすでに、星花のスリットの中だ。引きずり込んだ星花と至近距離で視線を合わせ、ぎゅっと眉を引き絞る。

「ノーパン？」

「Tバックなんです。佐和紀さんはサポーターに履き替えたんですか？」

星花の指先が、スリットを分ける。佐和紀が身に着けているのは、下着の代わりにと暁明が渡した二分丈のサポーターだ。

その裾をなぞられ、佐和紀が腰を引く。星花のいやらしい触り方にぶるっと震えたのは嫌悪感のせいではなかった。

「脱がしてみたいな」

星花がふふっと笑いかける。

「星花。いたずらが過ぎるよ。時間もないんだから」

二人の間に割って入った暁明も笑う。

「暁明はどんなの、穿いてんの？　やっぱりTバック？」

佐和紀がのんきに言った。

「わたしは普通の下着です。髪に花をつけますから、少しかがんでもらえますか。女性の服を着ているときのドレスコードがあるんです」

「暁明。こっちの色だ」

星花が別の色を差し出した。造花の牡丹だ。

「あぁ、そうか。エメラルドグリーンが映えると思ったんだけど。じゃあ、ブルーで」

どちらもピンクとのグラデーションだ。クリップになっているそれを、ゴムでまとめた佐和紀の髪につけた。

「今夜はグリーンが『ホスト色』と決まっているんです。ゲストはそれ以外の色をつけることになっているので。まぁ、乗船前にチェックがありますから、大丈夫ですけど」

「よく参加するんだな」

「仕事ですから。コネやツテを探すのには向いていますよ。今回のような大型客船は年に二回、あるかどうかですね。佐和紀さん、眼鏡をはずすと見えないですか？　ない方がいいんだけど」

「俺のクオリティはどうでもいいんだけど……。あぁ、石垣がコンタクトを持ってる。船だし、そっちの方がいいか」

言うが早いか、佐和紀は店のフロアへ向かった。

足元はローヒールだ。サイズがわずかに大きいので、透明のストラップで押さえている。軽快に歩いてフロアを横切る。とっくに着替え終わった世話係の二人は、カジュアルタキシードで椅子に座っていた。お互いの衣装を指差し合い、楽しそうに笑っている。

「タモツ。コンタクトに変えたいんだけど」

声をかけると、機敏に立ち上がった。

「はい。……え？」

「え、ってなんだよ」

腰に手を当て、佐和紀はいつもの調子であごをそらした。斜めに構えると、スリットから足が出る。

「あ……」

小さな声を漏らした三井が、自分の手のひらを見た後で、鼻を押さえながら上を向く。ちらりと赤い色が見えた。

「また、鼻血出してんのかよっ！」

石垣が大慌てで、テーブルの上に出されていたお手拭きを掴む。佐和紀自身にはまったく興味がないのに、きわどい部分を見るたびにのぼせてしまうのは、もはや三井の習性だ。

取り残された佐和紀は、無言になって視線を落とした。自分の足を見る。

引き締まり、ほどよく柔らかな筋肉がついている。滑らかな肌は痕ひとつない。

「どこがポイント……？」

心の底からの疑問を口にする。

「無駄にエロい……」

ちぎったティッシュを手荒く詰め込まれ、三井が泣きそうな声でつぶやいた。

4

傍目(はため)から見た佐和紀は、楚々(そそ)とした美人だ。

潤んだ瞳が眼鏡に隠されていても、着飾った女たちには醸し出すことのできない清潔な色気がある。誰も足を踏み入れていない朝焼けの処女雪のようで、男の好奇心と征服欲をくすぐるが、侮って挑めば最後、そこにいるのは容赦のない狂犬だ。

見た目からは想像できない乱暴さは、潤んだ瞳に浮かぶ好戦的な甘い表情に潜んでいる。まるで擬態する肉食獣だ。美貌を一皮剝(む)けば腕っぷしの強い男がいると、ただそれだけの単純な事実でもある。

夕暮れのマリーナを出航したボートが沖に向かう。チャイナドレスの上に薄いコートを着た佐和紀は立っていられなくなった。風が強くなり、髪につけたブルーの花飾りを押さえて船室の出入り口に戻る。

気遣った石垣が追いかけてこようとするのを追い払うと、その向こうに豪華客船が見え始めた。きらびやかな電飾が光り、まるで別世界のようだ。

岡村には連絡がつかなかった。当然、周平も同じだ。

慎重な石垣はパーティーへの参加を渋った。だが、三井にそそのかされ、チャイナドレスでめかし込んだ佐和紀までもが「行きたい」と主張したので、ころりと負けた。

そのことを思い出した佐和紀は、潮風の中でため息をつく。石垣のことが頭からすっ飛んで、脳裏に現れるのは凛々しい旦那の姿だ。

周平から船上パーティーに誘われたこともある。そのときは面倒だと言って断ったのに、こんな女装まがいの姿をして遊んでいることが知られたら、どう思われるのだろうか。ふいに不安になる。

叱られるか、怒られるか。それとも、一緒でなかったことを残念がるだろうか。

最後の反応を期待する自分の身勝手さに眉をひそめ、世話係の二人をデッキに残した佐和紀は船室へ入った。

飴色の壁と赤いソファー。十人ぐらい収容できる洒落たリビングスペースから歌うような話し声がして、短い階段の途中で足を止める。星花と暁明が、中国語で会話しているのだ。

「神龍の宝玉だなんて持ち上げているから、こうなるんだよ」

星花が日本語に戻ると、

「まぁ、気難しい相手だから」

暁明も日本語になる。そして、階段の途中に立っている佐和紀に気づいた。

「風が強かったでしょう」

「裾がビラビラするから立ってられない」

「どうぞ、座ってください。すぐに着きますから」

柔らかな笑顔で手招きされ、佐和紀は暁明の隣に腰かけた。

「今の……」

「あぁ、そうだ。佐和紀さん」

暁明はにっこりとしたまま、言葉を遮った。

「わたしは所用がありまして、お付き合いすることができなくなりました。星花が案内しますので、どうぞお一人にはなりませんように」

「別に、危ないことはないだろう」

佐和紀が答えると、向かいに座った星花が小首を傾げる。

「どうでしょう。その容姿ですからね。裏に噛んでるとはいえ、表向きには、岩下さんの名前は通用しません。あなたは顔が売れていないので、まず信用されませんから」

「へー。そうなんだ」

「……その手のパーティーには？」

「周平となら行ったことがある。まぁ、確かに、トイレ以外は誰かを付けられたな」

「そうでしょう。ですから、離れないでくださいね」

真剣な星花の口調には、問題が起こったときの周平の恐ろしさが見えるようだ。佐和紀に対して行われるお仕置きと、彼らが受ける折檻は本質がまるで違う。

想像した佐和紀は、軽くうなずいた。

「あんたたちみたいな綺麗どころに責任を取らせたら申し訳ないもんな」

女装には合わない男気だったが、椅子の背に肘をつく佐和紀は誰よりもたおやかで美しく、まっすぐで凛々しい。

裏社会にどっぷりと浸かった暁明と星花はそれぞれの物想いを瞳に浮かべ、稀有なチンピラヤクザをつくづくと見つめる。

視線に気づいても、二人の思惑には気づかない佐和紀だ。気が抜けるほどの無邪気さで、どうかしたのかと問う。

星花がごまかし、暁明は微笑む。

そうして、ボートはいよいよ豪華客船に近づき、速度はゆっくりと落ちていった。


メインホールへ向かう佐和紀たち一行を見送り、一人になった暁明は人目を避けるようにして客室のエリアに向かう。

部屋番号をよくよく確認して呼び鈴を押すと、ドアが開いた。靴の先だけがちらりと見え、部屋の中へ滑り込む。

「見取り図は頭に入ってるか」

低く太い男の声がドアの裏から聞こえ、ほぼ同時に施錠される。広い肩幅と厚い胸板で着こなされたタキシード姿をちらりとだけ見て、暁明は部屋の奥へ入る。

「会場は予定通りで変更はない？」

「いくつかある。確認してくれ」

後をついてきた男が言う。ベッドの上に広げられているのは、客船の見取り図だ。使用されている区画が色付けしてあり、修正箇所もすでに書き込まれていた。

説明を聞いている間に男の所持している携帯電話が鳴る。暁明は一人で図を確認して、手にしていたクラッチバッグから取り出したタバコを口に挟んだ。バルコニーへ向かう。

ライターはタキシードの男が置いたままにしていたものをテーブルから拝借した。

タバコに火がつく。

九月の末にもなれば、夜は涼しい。日によっては寒い夜もあるぐらいだ。沈みゆく夕日は海を染め、甲板で行われている生演奏のリズムが波音に重なって響いた。

バルコニーに立つ暁明の両脇から、タキシードの袖が伸びてくる。電話を終えた男は、暁明がフェンスを摑んだのと同時に、背中へと寄り添った。

鼻先を首筋にこすりつけられ、肩をすくめる。逃げ場はどこにもなかった。だから、夕バコを挟んだ手を遠くに伸ばし、振り向く。

待ち構えていたタキシード姿の男が顔を寄せ、くちびるが重なった。お互いが、ごく自然な仕草で舌先を伸ばす。

「志賀（しが）……」

暁明が彼を呼んだ。それがタキシードを着た男の名前だ。暁明が経営するカフェ『月下楼』の住み込み従業員であり、裏の仕事をするときの助っ人でもあり、かけがえのない情人だ。

「いいだろう。少しぐらいムードを愉（たの）しんでも」

元傭兵（ようへい）という異色の肩書を持つ志賀は、いかつい顔つきからは想像できないほど甘い言葉を口にすることがある。恋人のチャイナドレス姿も好物だ。部屋に入ったときから熱っぽかった視線を思い出し、タバコの煙が志賀へと流れていかないようにする振りでフェンスを離れた。

「そんなことしたら、仕事を忘れそうだ」

「それらしき人間が乗船すれば、連絡が来る。それまでは自由時間だ」

フェンスにもたれた志賀は、海を見下ろした。バルコニーの両脇は壁で仕切られ、遠くに横浜の夜景が見える。

陸上で『作戦』を取り仕切っているパオズからの連絡があるまで、二人はここで待機することになっていた。

あと一時間もすれば、だいたいのゲストが揃い、絢爛豪華な一夜が始まるのだ。

「噂に違わぬ美人だったか」

佐和紀が乗船することをパオズから聞いていた志賀に問われ、暁明はうなずいた。

「独特の雰囲気だよ。黙って座っていれば、眼鏡をかけてるし、それほどでもないと思うんだけど。動いている姿を見たらもうダメだね。元の印象には戻せなくなる。星花が執心するのもうなずけるよ」

「口説き落とせそうなのか？」

「星花だよ？」

暁明はおどけた仕草で肩をすくめた。

子どもの頃から類稀な美少年で、売られ、買われ、自分から男を求めて愛玩物になった淫乱だ。今でも夜な夜な男を漁り、飽き足らず双子に奉仕させてはセックスのもたらす悦楽に耽っている。

「バレたら大変なことだろうな」

志賀が言った。

「本当に欲しいのは、嫁の方じゃないだろう。味見程度でも、どんな目に遭わされるか」

「知ってるような口ぶりだ」

「……噂ぐらいは聞くだろう」

二人の視線が交錯する。

出会って一年。志賀の本業は恋人の暁明でさえ知らない。数日消えることはざらで、一ヶ月戻ってこないこともある。

志賀の身体に傷を見つけるたびに暁明の胸は疼いたが、踏み込まないのは暗黙の了解だ。なんとなく知っている。その程度が一番いいと思ってきた。

タバコを消して壁にもたれる。海風に乱れる髪を押さえると、いつのまにか近づいていた志賀に手首を掴まれた。くちびるが押し当てられ、暁明は痛みをこらえるように眉間を引き絞る。

「わたしは……、星花が望むなら、どんなことでも手を貸す。それだけのことだ」

「美しい友情だな」

「そんなにいいものじゃない」

幼馴染みである暁明の純潔を守るために、星花はありとあらゆる犠牲を払った。だから、彼が欲しいと言うなら、佐和紀の身ぐるみを剝ぎ、ベッドに転がすぐらいのことをしなければつり合いが取れない。

「おまえ以上に綺麗な男がいるなんて、俺は信じない」

掴まれた手が、白い壁に押しつけられる。もう片方の指でくちびるを撫でられ、日本人離れした甘い言葉を口にする志賀を見つめた。

身体の芯がじんわりと熱くなる。

「……志賀」

「少しだけだ」

抱き寄せられ、腕を摑まれる。首筋へと促されて従った。

太い首に巻きつけてしがみつき、フォーマルなタキシードの胸とチャイナドレスの胸を押しつけ合う。

暁明は喘ぐように息をした。

星花に何かをしてやりたいのは、自分だけが恋に溺れ、満たされているからだ。

「……はっ、ん」

大きな手のひらにヒップを撫で回され、物思いに飛んでいた暁明はびくっと背をそらした。

「直に触りたいな」

「ドレスは、脱げない」

「じゃあ、少しだけ」

同じ言葉を繰り返し、チャイナドレスの裾がたくし上げられる。

「……志賀。正直に答えろよ。ここで待機する必要なんて本当はなかったんだろう」

「いや、何があるか、わからない。前乗りは基本だ」

真面目(まじめ)くさった言い方をしながらも、手は止まらない。

「本当のことを言えよ」

ドレスの裾を両手で押さえ、暁明はまなじりをきつくした。

「言わない限り、この下は見せない」

「……わかった。パオズをだまくらかして、おまえとランデブーがしたかった。パーティーに出てるときは、何もできないだろう」

「当たり前だ。仕事に来てるんだから。……今日だってそうだ」

「見つけさえすれば、捕獲は難しくない」

「そんな悠長なことをよく言うよ。昼間だって捕まえ損ねた」

「邪魔が入ったからだろう」

「あの男が割って入らなくても、どうしようもない相手だった」

昼間のことだ。執拗に追い詰めた相手は、本気の応戦ができないはずだった。志賀が先回りをする間の時間稼ぎだったのだ。佐和紀が現れなければ、捕獲できていた。

「チャイナドレスを着たおまえと、海風を感じながらセックスしたかったんだ」

歯の浮くような志賀の台詞(せりふ)に、暁明の背筋は震えた。気恥ずかしさだと思いたかったが、それは無理だ。

飼い慣らされた欲情が肌に宿り、暁明はうつむいたまま、ドレスの裾を持ち上げた。脚が露わになり、膝頭がさらされる。

志賀は黙り込んだまま、何も言わない。視線だけがじっくりと暁明に注がれる。

「何も、聞くな……」

「聞かない方が不自然だ」

「やっぱり、やめればよかった」

裾をおろそうとした暁明の手が、とっさの動きで止められる。

「もっとよく見せてくれ」

志賀に裾を掴まれ、暁明はふるふると首を振った。恋人の欲情を誘いたいと、ちょっとしたいたずら心でしたことだ。それは思った以上の効果を見せた。

志賀の手が乱暴な動きで裾の内側へ潜り込み、レースを指でたどられて、暁明はいたたまれない気持ちになる。

腰を引いても無駄だった。手のひらが股間の部分を覆う。

柔らかく芽生えたものを揉まれ、あっという間に育てられた。

「こんなスキャンティの中に男を隠して……。燃えるな」

仕事なんてなかったらいいのにと言わんばかりの口調に、暁明は眉根を歪めた。男の興奮を誘うためにしたことなのに、強要されたかのように恥ずかしくなる。

やがて、志賀はその場にひざまずく。見下ろした暁明は、興奮を隠すように目を細めた。それがセックスの興奮なのか、仕事を前にした興奮なのか。混然としてわからなくなっていた。

神龍の宝玉の捕獲は、簡単じゃない。繰り返し、本国の組織を逃げ出している相手だ。そのたびに、本人にとっては気ままで、追手には壮絶な鬼ごっこが待っている。

そろそろ捕まえなければ、組織が混乱してしまう。あるべき場所にとどまること。それが彼の、生まれつきの役目だ。本人がどれほど嫌がったとしても、これればかりはしかたがない。

志賀の舌先に急所を責められながら、暁明は組織の窮屈さを思い出す。どんなに愛し合っても、志賀に自分の役目を話すことはできない。

暁明もまた『これればかりはしかたがない』のだった。

＊＊＊

吹き抜けになったフロアは天井が高く、豪奢（ごうしゃ）なシャンデリアが複数並んでいる。響き渡る生バンドの演奏がゴージャスな雰囲気だ。

チャイナドレス姿の佐和紀は、指先でテーブルにリズムを刻む。今は、ロカビリーの時間だ。平均年齢の高い客層に合わせ、流れる曲はどれも耳馴染みのいいスタンダードばかりだった。

「はぁ……。いいな」

髪に花を飾った佐和紀は吐息をついた。三井に鼻血を噴かせたきわどいスリットをものともせず、すらりとした足を組んでいる。

懐かしいと言いたげなつぶやきに、石垣が目を細めた。

古いとか、いつの時代の話だとか、そんなことを言っても始まらないと思っているのだろう。佐和紀が楽しければそれでいいと言わんばかりの顔でうなずきを返す。

「佐和紀さん。足、テーブルの下に……」

「うっせぇ」

最後まで聞かずに睨みつける。

「誰も見てないだろ。……おまえぐらいだ」

「俺だって、見たいわけじゃないですよ。でも、なんか、こう……チラチラするから」

「タモッちゃん、やーらしぃ」

ケラケラッと笑った佐和紀が左手で頬杖(ほおづえ)をつく。柔らかな髪がさらりと流れ、綺麗な顔立ちのそばでエンゲージリングのダイヤがきらりと光る。２カラットの巨大な宝石は、まるでオモチャのようだ。おおげさすぎるぐらいが、佐和紀によく似合っている。

「何言ってんですか。やらしいことなんか、俺、何も……。聞いてくださいよ」

「嫌だよ。めんどくさい。おまえの話、おもしろくないもん」

顔を背けた佐和紀の視線の先には、三井がいる。

逆ナンパの年上女性に教えられるままステップを踏んでいたのが、ようやく要領を得てそれらしい形になっていた。

「おまえも踊ってきたら？」

ちらりと石垣を見る。

「俺はいいです。あいつはあのまんま、シケこむつもりだろうし。……ほんと、世話係の自覚ないですよね」

「ないなー。ない。でも、いいんじゃん？　たまには、こういうのも」

佐和紀が向けた笑顔を真正面から食らい、石垣はフリーズする。

「ビールもらってくる」

屈託のない笑みの中に、たくらむような意地の悪さを滲ませ、佐和紀はすくりと立ち上がった。

「俺が」

腰を浮かしかけた石垣を指先で制する。

「おまえは退屈そうにしてろ。すぐに女が寄ってくる」

「行きませんよ、俺は」

「行けよ。ニヤニヤ眺めてやるから。星花がすぐに戻ってくるしな」

「それが信用できないんですよ」

見上げる石垣は真剣な顔をした。

「シンの『アレ』なのに？」

「そんなこと関係ないです。佐和紀さんにチャイナを着せるような相手だ」

「似合わないか？」

腰に手を当ててポーズを取る佐和紀は無邪気だ。石垣の頬が細かく引きつる。

「なぁ、似合わないかって、聞いてんの」

「……どっちかって言うと、あんまり」

「マジか」

佐和紀はおおげさに驚いてみせ、自分のチャイナドレスの裾をひらひらさせる。石垣の目が佐和紀の膝に釘付け（くぎづ）けになる。飲み込みかけた生唾（なまつば）を中途半端にして、平静を保とうとしている目が泳いでいた。

「素直じゃねぇなぁ。おまえは。シンなら手放しで褒めるのに」

「それも、どうなんですかねぇ」

トゲトゲしい返しは横恋慕仲間への対抗意識だ。佐和紀は知ったものかと笑い飛ばす。

「おまえの方が何倍もお利口だな」

佐和紀の言葉に取り合わず、石垣はむすっとしたまま黙る。何か言いたげにしていたが、促してやる義理はない。石垣の相手をするよりも、ビールが欲しい佐和紀はくるりと背中を向けた。

ほどよく混み始めた客の間を縫い、バーカウンターを目指す。

大柄な男をひょいと避けた次の瞬間、飛び出してきた女と肩がぶつかった。高いヒールの足元がふらつき、とっさに佐和紀の腕を掴む。背中をかばうように抱き寄せた佐和紀は、髪に違和感を覚えた。

互いの髪飾りが絡み、身体を離すのと同時に引っ張り合って床に落ちる。

「ごめんなさい！　すみませんっ！」

女性が甲高い声で矢継ぎ早に言った。

「私、急いでて！　ごめんなさいっ！」

床に落ちた牡丹の花を拾い、ひとつを佐和紀に押しつけるとまたたく間に走り去っていく。まるで嵐だ。巻き込まれた佐和紀は花を手に呆然と立ち尽くした。

「手伝いましょうか」

悠然とした声をかけてきたのは、見知らぬ老紳士だ。手のひらを差し出され、佐和紀は事態を理解した。

花を渡して身をかがめると、器用につけ直してくれる。

「災難でしたね。おケガはなかったですか」

優しく声をかけられたが、早々に伸びてくる手が不穏だ。腰にまわる前に身を引くと、腕を摑まれそうになる。

「失礼。こちらは私のパートナーですので」

肩がぐいっと引かれた。甘い花の匂いとともに、するりと腕が絡む。隣に寄り添うのは星花だ。

美貌の一睨みに怖気づいた紳士はナンパをあきらめて後ずさり、佐和紀は促されてその場を離れた。カウンターでビールをもらっている間も、星花はしらっとした顔で佐和紀の腕に摑まり続ける。

佐和紀もあえてほどかない。星花の身体から漂う甘い匂いは心地がよく、肌に触れた手もひんやりとして気持ちがいいぐらいだ。

「二人とも踊ってますよ」

戻るべき席を見失った佐和紀に向かって星花が言う。

フロアに目を向けると、確かに石垣も引っ張り出されていた。

なんだかんだと言っていたわりに楽しそうだ。それでも目敏く佐和紀を見つけ、女性をその場においで戻ろうとする。

佐和紀は軽く手を振り、星花といることを示してから背を向けた。

「いいんですか」

笑いを含んだ声で星花に問われる。

「たまにはあいつらにも息抜きがいる」

「やさしい……」

軽やかな笑い声はかすれ、耳元でささやく息遣いは夜の雰囲気だ。

「デッキへ出ませんか。日も落ちたので、夜景が綺麗ですよ」

「あぁ、いいね」

連れ立ってダンスフロアの外へ向かう。すると、すれ違う客が軒並み振り返った。

佐和紀はさすが星花だと思ったが、客の視線のほとんどは、妖艶な男を小脇にぶらさげて絵になる佐和紀の方を見ている。

髪に大ぶりな牡丹の花をつけ、深いスリットの裾を翻して歩く男の姿は、こざっぱりとしていて潔い。そこには女装の倒錯もなく、佐和紀は一人の美しい男でしかなかった。

星花でさえ、まるで添えものだ。

ダンスホールを出てエレベーターに乗り、船尾にあるプールゾーンのデッキを過ぎた。

パーティーは始まったばかりだ。イルミネーションが輝くプールサイドは賑やかだが、一段低くなっているデッキはまだ酔いを醒ます客もいない。

どこからともなく聞こえてくるハワイアンさえ途切れがちで、ビールをあおった佐和紀は深く息を吐き出した。フェンスにもたれ、海の先でチラチラと揺れる街の灯を眺める。

「星花はいいのか。仕事があるんだろ」

「あれは暁明の案件ですよ。俺は完全にプライベート」

「ふぅん」

「聞いていいですよ」

隣に並んだ星花が微笑む。

「知りたいって、顔に書いてある」

「あ、あぁ……」

妖艶な笑みを向けられて、佐和紀はたじろぎながら自分の頬を撫でた。

「日本語で話していたんですから、気にしなくても」

「でも、ごまかしてただろ」

「佐和紀さんは、嘘がつけない人ですね」

「単純バカなんだよ」

「それはどうでしょう。岩下さんをぞっこんにする人が、そんなたわいもない男であるはずがない」

「そう思いたいのはわかるけど、あいつが惚れたのは、俺がバカだったからだと思うよ。

あいつの頭の中は難しいことが入りすぎてる」

「単なるバカを好きになる人じゃないんですけどね……。あなたのダメなところは、自分自身を知らないところかな。なのに、人を狂わせる」

「誰も狂ってないだろ」

ビールのグラスに口をつけ、佐和紀は笑った。その横顔を見つめる星花は長いまつげを伏せ、込みあげる笑いを飲み込む表情ではにかんだ。

しばらく黙ってから、あらためて口を開く。

「俺と暁明の会話は忘れてくださいね。『神龍の宝玉』はチャイニーズマフィアの中でも、とっておきの秘密なんです。暁明はそれを探すために潜入していて、でも、こんなところで見つかったと知られたら、大変なことだ」

「そういうことを気安く話すなよ」

あきれた佐和紀はくちびるを尖らせる。

「気をつけます」

素直に答えた星花が、ふいに手を伸ばした。佐和紀の頬に指を添え、首筋を撫でおろす。いたずらに動く手を佐和紀が摑み、

「いい匂いがする」

と言った。手首に鼻先を寄せる。

「匂いの元は、ここか」

「そこだけじゃないですよ」

星花はふわりと微笑んだ。佐和紀をそっと引き寄せ、首筋を寄せる。

「ここと、ここ……」

佐和紀の手を掴み、自分のスリットの中に引きずり込み、内ももを撫でさせる。

「星花」

「気持ちいい、指」

至近距離でささやく息が佐和紀の頬に触れた。

「気持ちいいのは、おまえの太ももの方だけど」

ひたりと手のひらを押しあてた佐和紀は、それが性的なことだとわかっている。慌てるそぶりもないのが、星花には意外だった。もっと純な反応を予想していたが、身を寄せた星花を胸に迎え入れ、佐和紀は成り行きに任せようとしている。

「俺の世話係は、あんたとどんなセックスしてんの？」

「……旦那さんと、じゃなくて？」

「そんなの聞いてもおもしろくない」

「岡村さんなら、おもしろいんですか」

「俺には真面目な顔してるからな。本当のところはどうなのかと思ってさ。周平がうまいのは知ってる」

「そうですね」

佐和紀の肩に頬を預け、星花は苦さを嚙みしめるようにくちびるを引き結ぶ。ほんの一瞬だけ目を閉じる。

「岩下さんほどひどくていやらしい人は他に知らないな。岡村さんなんて目じゃないですよ。佐和紀さんは知ってるでしょう。あの腰つき……」

頬をすり寄せ、佐和紀の手を太ももで挟む。

「俺は真似(まね)できないよ」

「そんな期待はしてません。岩下さんの奥さんだから寝たいわけでもない。……俺はただ、あなたの身体が欲しい」

「俺、童貞なんだよね」

さらっと言った佐和紀は真顔だ。

「……俺でよかったら」

言い返す星花もつられて真顔になる。

「どうかな。俺は勃(た)たないと思うよ。あんた、綺麗すぎるし。岡村も根性あるよな」

「取って食いませんけど」

「よく言うよ。取って食いたいって顔に書いてある」

佐和紀が一歩踏み出し、形勢が逆転する。追い詰められた星花の腰がフェンスに当たり、佐和紀の足が膝を割る。互いの素肌が触れ合い、星花は息を呑んだ。

反応する下半身が止まらないのはいつものことだ。でも、主導権までは渡さない。奪うことができるのは岩下だけだった。

なのに佐和紀はあっさりとやってのけ、その事実に気づいてもいない。

「なんか、やらしい肌してんな」

「……佐和紀さんこそ。岡村さんにもこんなことしてるんですか」

「なんで俺がそんなことしなきゃならないんだよ。あんたと寝ても、岡村とはないよ。俺は男だし、あいつも男だ」

「俺も男ですし、岩下さんも男です」

「そんな難しいこと言われてもなぁ」

ビールのグラスを片手に持ったまま、星花をフェンスに閉じ込めた佐和紀はいたずらっぽく笑う。

「男らしくて、ますます惚れます。好きになってもいいですか」

星花が両手を差し伸ばす。首にまわすと、佐和紀は小首を傾げた。

「いいよ、と言われて好きになるもんでもないだろ」

太ももをこすられた星花はあっけなく身体を震わせる。軽くのけぞり、拳を握った。

「キスしてください」

「どこに？」

酔っているわけでもない佐和紀は、可笑しそうに目を細めた。

いつもなら男をからかう側にいる星花が翻弄される。

自分からくちびるを奪うこともできないのは、完全に精神的なマウントを取られているからだ。頭ではわかっていても、下手に出てしまう。

佐和紀を急かすように首を引き寄せ、星花は目を伏せた。

「ねぇ、そのビール、何杯目なの？」

緊張感たっぷりに盛り上がった二人の雰囲気を、冷淡な物言いが台無しにする。

あどけないような少年声の主は、いつのまにやら、そこにいた、大きな瞳の美少年だ。

佐和紀たちと同じようにチャイナドレスを着ているが、丈は膝上のショートで、ニーハイのストッキングを履いた足は、男と思えないほどすらりと細い。

ふてぶてしく胸の前で腕を組んでいるのはユウキだった。周平が経営するデートクラブの元・売れっ子で、実は外見年齢より十年ほど年を重ねた青年だ。今は身請けされ、その相手とは別に、内縁の夫までいる。

「そんなに酔ってるように見えないけど。何か、飲ませたの？」

ユウキの詰問は星花へ向く。だが、答えを待つことはない。不機嫌な目つきで、佐和紀

の肩を押しのけた。

「いつまでも抱き合ってんじゃないの。遊ぶにしても相手を選びなよ。もう少し上等なのがいるでしょ」

「俺のどこがダメなんだよ。最高級だ」

腕を引っ張られ、星花は不満げに抵抗した。ユウキの靴の踵が、デッキをがつんと蹴る。

「よっく言うよね！　淫乱ジャンキーのくせに。周平に言いつけるよ！」

「待て待て。ユウキ。待って」

二人が昔からの知り合いだと察した佐和紀は、まだしがみつこうとしている星花の両手を首からはずす。その手首を握りしめたままでユウキを振り向いた。

「誤解だから」

「僕に言い訳してどうするの。そんなの、どうでもいいし、好きにしたらいいけど、こんな妖怪みたいなのと寝たら後悔するよ」

「させません」

星花がきっぱり答える。

「する！　あんたが男相手にどんな手を使うか、知ってるんだから」

「それはどうでもいい相手だけだ」

「そこに、シンは入ってんの？」

佐和紀が口を挟むと、

「心配する相手が違うでしょ！」

かわいい顔のユウキはキャンキャン吠える。

「岡村は周平の後釜なんだから、心配する必要ないの！　それよりも自分の貞操の心配してよね。この男とベッドに上がったら、赤玉出るからね」

「……出なかっただろ」

星花の一言に、ユウキが細い眉を吊り上げた。美少年は怒っても美しい。見惚れた佐和紀も睨まれる。

「何考えてんの」

「……ユウキ、突っ込んだこと、あるのか……」

「サイテー！」

「かわいいんだよ。男の顔になるトコ」

星花がふふんと胸をそらし、ユウキがガンガンとデッキを蹴る。靴ではなく、ヒールだ。

「どうでもいいこと言わないで！」

「入れて入れられて、泣くほど良かったのに」

「そっちだって……」

「悦かったよね。入れたまんま、あの腰つきで責められるの。……だから、ね？」

星花に秋波を送られ、佐和紀は目をしばたたかせる。

言わんとしていることはすぐにわかった。周平を含めて三人でベッドへ上がりたいということだ。佐和紀は視線を泳がせた。

「あー、ユウキともしなかったしな」

「その断り方、すごく間違ってる」

深い深いため息をつき、ユウキは華奢な肩を落とした。

「佐和紀さんはユウキの方が好みなんですか」

妖艶な星花の目は責めるようだ。佐和紀の視線がわずかにはずれる。

「二人とも雰囲気違うから……」

「じゃあ、三人で」

「勝手に巻き込まないで」

「おまえ、こんなところに一人でいていいの？」

ふと気がつき、佐和紀はあたりを見回した。ユウキが一人で参加するはずがない。となれば、どこかに恋人の能見がいるはずだ。

「義孝は仕事中。終わったら遊ぶ予定なの」

「ミニスカート似合うな。能見はもう見た？」

「見せたら仕事にならないでしょ」

悩殺だと自認しているユウキは、高飛車にあごをそらす。

「そういうとこ、かわいいよな」

「あんたに言われても、微塵も嬉しくないから。それより、どういうつもりだったか、説明してもらえる？　ビールのせいなの？　何か仕込まれた？　それとも、浮気したいの？」

「ちょっとふざけてただけ」

星花が口を挟んだが、眉を吊り上げたユウキは納得しない。

「佐和紀の口から聞いておきたいの。あんたがしょうもない浮気をして、周平が恥をかくようなことになったら許さないから。バレなかったらいいとか、思ってるんでしょ？」

「悪かった、悪かった。ちょっとふざけた」

佐和紀が一歩後ずさる。

「ちょっと？　今のがちょっと？」

「キスもしてないし」

ユウキの執拗な追及に、佐和紀は真面目ぶって顔をしかめる。両手のひらを見せながら、また一歩後ずさった。

「あ、トイレ……」

最終的には言い訳を放棄して身を翻す。

「案内します」

一緒にその場を離れようとした星花を、ユウキが引き留めた。

「トイレはプールの向こう！　星花は、残って」

「じゃあ、ごめん」

片手を顔の前に立てた佐和紀は、いそいそと階段をのぼっていく。まるで浮気現場から逃げ出す男のようだ。

「あの人……」

啞然と見送った星花は、ユウキへと視線を向けた。

「見てくれに騙されてるんでしょ？　相当タチ悪いからね。調子に乗って、変なことに付き合わせないでくれる？　周平がかわいそうだから」

「もう少しで落ちそうだったのに」

「気のせいでしょ」

せせら笑ったユウキは、星花を見上げる。

「手を出したらすぐにバレるよ。あれは周平の男なんだから……。まだ気持ちいいことしていたいなら、あきらめた方がいいよ」

「……考えておく」

聞き流した星花はついっと目を細める。その顔を、ユウキが厳しく睨みつけた。

「知らないから」

「良い相手ができたからって、態度がデカいな。その男、寝取ってやろうか？」

「やれるもんならやってみて。……すぐに乗ると思うけど」

ユウキはふっと笑いをこぼし、肩をすくめた。

「佐和紀にチャイナドレス着せるなんて……。しかもこんなところで。それだけでもバレたら大変だよ。……怒られたいんだ？　でも、周平は出てこないよ」

「知ってる。……だいたい、バレるわけがない。ここに出入りしてるヤクザだって、噂は聞いていても、岩下の嫁の顔までは知らないよ」

「……でも、バレるよ」

ユウキが声をひそめる。その表情の言わんとしていることを察した星花が、眉根を引き絞った。美しい頬をピクピクと震わせる。

「まさか」

「今夜は乗船してるよ。知らなかったの？」

わざと嘲るように言ったユウキがフェンスにもたれる。星花は知っていたことを伏せたまま、闇に沈んだ海原へ目を向けた。

「まぁ、男娼に間違われなければね……。ＶＩＰには入れないだろうし」

のけぞるようにして空を見上げたユウキは、表情をこわばらせた。何かに気がつき、ゆっくりと視線を転じる。その先にいる星花も、動きを止めていた。そして振り向く。

「……どうして、グリーンだったの」

ユウキの声がかすかに震える。

「やっぱり？　そうだった？　乗るときはブルーを」

「それがどうしてグリーンになってんの、って聞いてるんだよ」

「知らないよ」

「わざとじゃないよね？　とりあえず、はずさせないと。回収されたら大変じゃない」

「縁起でもない」

あたふたと焦った二人は、佐和紀を追ってトイレへ急ぐ。だが、そこに佐和紀の姿はなかった。

男子トイレだけではなく、女子トイレも多目的トイレも確認して、プールサイドも二周したが見当たらない。

「……周平に」

ユウキが口を開いた。しかし星花がその肩を押さえる。静かに首を振った。

チャイナドレスを着せたことさえ問題なのに、その上、男娼の目印をつけて迷子にさせたと知られたら……。

愛らしい顔を泣き出しそうに歪め、ユウキはしきりと自らのくちびるを摘まんだ。

「じゃあ、世話係……。やめよう。石垣と三井でしょ？　あの二人からも責められるなんて最低だもん。巻き込まないでよ……」

「……淫乱同士、協力しよう」

「人をそこへ入れないで。せめて周平に報告済みなら、ＧＰＳぐらいつけてるのに」

「それなら……」

星花が口を開いたが、はぁっとため息をついたユウキは聞いていない。踵を返し、足をぴたりと止める。それからがっくりと肩を落とした。

「聞いてた？」

ユウキが声をかけたのは、佐和紀を追ってきた石垣だ。顔は青ざめ、引きつっている。

「責めないから、事情を話してくれる？」

腕を掴まれたユウキは顔を背けた。拒んだわけじゃない。その責任は、星花が果たすべきだと思ったのだ。視線を向けられた星花が成り行きを説明した。

「じゃあ、ついさっきの話なんだな？」

頬を引きつらせながらも、石垣は平静を保っている。

星花は苦々しい表情で口元を歪めた。

「外部と連絡が取れれば、居場所はわかる。あのチャイナドレスには発信機が仕掛けてあるから。だいたいの場所がわかれば……」

船内への携帯電話の持ち込みは禁止されている。写真を取られると困る人間が少なくないからだ。

「クロークでなら、電話を借りれるから」

ユウキが二人を急がせる。

「僕はＶＩＰチケットを持ってるけど、サロンまでは行けない。誰か知り合いを探さないと。周平は仕事だし。岡村とも連絡が取れないと思うよ」

「館内放送をかければ……」

船上パーティーに慣れていない石垣の発言に、ユウキと星花は同じタイミングで男の肩を叩いた。

「それで見つかる男娼なら、それも大問題だから」

ユウキの言葉に、星花がうなずく。彼らは、この船に乗っているはずのない人間なのだ。いわば、パーティー用の機材に過ぎない。

「回収されたなら、もうサロンにいる。仕切ってる黒服が佐和紀さんの顔を知ってればいいけど」

星花が早口に言い、先を歩くユウキが肩越しに振り向いた。

「無理じゃない？」

大滝組の幹部連中でも、動く佐和紀を見たことのある人間は限られているのだ。

デートクラブの中枢を仕切っている人間ならともかく、乱交サロンで男娼を管理するような人間は、写真一枚を見ているかどうかも怪しい。

たとえ見ていたとしても、常に和服姿で眼鏡をかけている男が、チャイナドレスで現れるとは思ってもみないだろう。気づけという方が無茶だ。

「……なぁ、これって、すごい大変なことなんじゃ……」

口元を押さえた石垣が船内の壁に頭をぶつける。

「言わなきゃ、バレない」

星花が肩を叩きながら引き剝がす。その反対側の肩をユウキが叩く。

「佐和紀なら、ちょっとぐらいのこと、平気なんじゃない？」

「冗談じゃねぇぞ！」

石垣が慌てふためいて叫んだ。

「あの人がそんなタマかよ！　客の何人がチ○ポへし折られるか！　黙ってやられるわけねぇだろ！」

「タチ悪い……」

ユウキがつぶやき、星花と顔を見合わせる。確かにその通りだった。

「どっちにしたって、ドツボってことだね。佐和紀が絡んだら、周平はいつも以上に容赦ないから。お仕置き部屋直行ってところかな」

　自分は関係ないとばかりにユウキが声を弾ませ、

「あー、いやだ」

　全責任を負わねばならない星花が顔をしかめる。

「痛いのも好きなんじゃないの？」

「そんなわけないだろ……」

　二人のやりとりはどこかのんきだ。業を煮やした石垣は地団駄を踏む。エレベーターが来て、ドアが開いた。

「とにかく、大事なのは佐和紀さんの身の安全なんだよ！　もしも抵抗してたら、とっくに薬とか嗅がされてんじゃねぇの……。マジかよ。もー。なんで、間違われたりするんだよ……」

「プールサイドの近くでいなくなったってことは、『商品』が逃げたんじゃないの？　目印はチャイナドレスとグリーンの花。顔まで綺麗なら、まず身元の確認なんてしない。……星花、何か策はないの？　連絡ついたら、確実に佐和紀を確保できる？　真剣にやらないと、本当に取り返しがつかなくなるよ」

　星花を問い詰めるユウキは、いつものようにわめかない。

　いよいよ佐和紀が危ないと自覚しているからだ。

　意外そうに眉を跳ね上げた星花は、ユウキの真剣さを感じ取って怯む。取り返しがつかないのは、周平を激怒させることについてじゃない。

石垣よりも冷静に、ユウキは佐和紀の貞操を案じている。

「仲間がバックヤードを知ってる。潜り込むしかない」

「……サロンに？」

石垣が言う。エレベーターに乗ったのは三人だけだった。ロビー階を押して、星花が振り向く。

「責任取って行ってくるよ」

「ついていく」

答えたユウキが石垣を振り向く。

「石垣は待機していて。星花がどうにもできなかったときは、僕が周平の名前を出すから。……デートクラブの連絡先を教えるから、そこから岡村にしつこく連絡を取ってもらって。サロンで問題が起こってないか、確認するように言って。佐和紀の名前は出しちゃダメだよ。パーティーが中止されるから。……今日は大きな取引があるんだって。もしも中止になったら、とんでもない損害になるでしょ」

「わかった。うまくやる。けど、……どうにかするって、おまえ……」

「まぁ、ね。淫乱なりに方法が……」

「それって」

「え？　ぼくはしないよ。するのは、こっち」

　そう言って、星花を指さす。

「ユウキ。その人は俺の性癖知らないから」

「あぁ、そっか」

「淫乱……」

　繰り返した石垣は、まじまじと星花を見た。その背後に、管理を任されている兄弟分を思い出しているのだ。朴訥（ぼくとつ）とした岡村が、ユウキにも淫乱だと太鼓判を押される相手と、どんなことをしているのか。

「よかったら今度、どう？」

　軽い口調で誘う星花の脇腹を、ユウキが肘で突く。

「佐和紀の世話係はやめてよ。案外、そういうの嫌いなんだから」

「佐和紀さんが？」

　星花が首を傾げた。

「岡村は仕事でしょ。そうじゃないのに手を出したら、文句つけられるよ」

「つけられたいな」

「それ、ほんとにビョーキだね」

「ユウキ。本当に大丈夫なのか？　この男で……」

石垣が心底から不安そうな声を出す。

「要は周平に知られずに、丸く収めればいいんだから」

両手を腰に当てて、ユウキは胸を開くように背筋を伸ばした。

「っていうか、なんでおまえもチャイナなんだよ……。足……」

ようやく気づいた石垣がじっと視線を向ける。男のくせして、二十代も半ばのくせして、ユウキのニーハイは悩殺的にハマっている。

「似合うでしょ？」

「ミニスカなんか似合ってんじゃゃねぇよ」

はぁっとため息をつき、石垣は自分の両手で頬をバチバチと叩いた。その気合入れと同時に、エレベーターのドアが開いた。

＊＊＊

ＶＩＰエリアにあるショー会場の片隅。岡村はソファーのかたわらに立っていた。天井ではミラーボールが七色の光を撒き散らし、ステージは淡いピンクのライトで浮かび上がっている。

三人のバーレスクダンサーは極端に布地の少ないビキニで、煽情的な動きを繰り返していた。

それをじっと見つめる少年は、柔らかなソファーに沈むような格好で座っている。床につかない足はほっそりと華奢で、ぶらぶらと落ち着きなく揺れていた。

肩にかかる黒髪は、毛先をパツンと切り揃えたクラシカルなボブスタイルだ。長めの前髪は七三に分かれて額を覆っている。

その下に見えている顔は、まるで精巧な人形だ。

まばたきのたびに風が起こりそうな、長いまつげに彩られた大きな瞳は潤んで見え、肌は透き通るように白い。くちびるは小さく、ぷっくりとふくよかだ。口紅を引いているわけでもないのに、淡い桃色に色づき、どこか少女めいている。だが、きりりとした眉には少年らしさがあった。

白いドレスシャツの胸元には大きなリボン。サスペンダーでショートパンツを吊り、膝下につけたソックスガーターでハイソックスを留めている。

「お兄さん」

くるっと振り向かれ、岡村は身をかがめた。

「はい。何か？」

ネクタイを押さえながら尋ね返すと、

「退屈だな……」

会場を包むムーディなリズムの中で小首を傾げる。

彼を伴って現れた今夜の客は、周平との商談で席を外していた。少年の美しい容姿を見れば、愛玩されていることは一目瞭然(いちもくりょうぜん)だったが、性的な退廃は感じられない。

だからといって、彼が奉仕を強いられていない証拠にはならなかった。チャイナマフィアのシンジケートだ。年端もいかない子どもを相手に、反吐(へど)が出るような行為を強要する連中もいる。

幼くして仕込まれた子どものごく少数は、それを異常だと気づかずに独特な育ち方をするのだ。そして、被害者である彼らが長じて加害者になることも少なくない。

岡村は自分の想像に眉をひそめた。愛玩少年たちの悲惨な事実に対してではない。ビジネスの場に感傷を持ち込みかけた自分自身に対してだ。ヘタな正義感は身を亡(ほろ)ぼしかねない。

国外組織を相手にするときは特に、冷徹でいろと命じられている。

「お二人が戻られてからなら、どこへでもご案内します」

岡村の答えに、少年は頬を膨らませた。中国語で何事かをつぶやき、そっぽを向く。

周平が接待しているチャイナマフィアの男は、少年をそばに置きたがり、男娼の品定めにも連れていこうとした。周平が強く拒むと、ようやくあきらめたが、一緒に行くつもりでいた少年は、不満げな目で男を見送った。

「ピックアップに行きたかったなぁ。ぼくは、そっちの方がよかった。こんな踊り、子どもだましだもの」

少年の細い足がパタパタと動く。口調だけが大人びていた。まだ変声期さえ迎えていない声は澄んでいる。

今夜、周平が斡旋(あっせん)するのは『人間』だ。

マフィアが欲しがったのは、こぎれいな青年だった。

すでにマフィア側はこのパーティーの参加費用として多額の支払いを済ませている。取り揃えた男娼の仕事風景を見て、連れて帰る人間を選ぶのが今回の目的だ。

現場で行われているのは、バーレスクダンスとは比べものにならない本物のセックスだから、子どもが見るようなものじゃない。

「お兄さんは『恋』をしたことある？」

ふいにあどけないことを聞かれ、ソファーのそばに膝をついている岡村は驚いた。少年は、大きな瞳を細め、

「ぼくはね、頭がすごくいいの」

自分のこめかみを、細い指でとんとんと叩いた。あごを引く。

「だから恋なんてしないけど、バカはみんな、するでしょう？」

いやに挑発的だ。

「お兄さんも誰かを好きだよね」

「どうしてですか」

「見えるの」

少年は真顔になる。それから、退屈そうにあくびをした。

「人の欲情がね、見えるの」

からかわれている。と、岡村は思った。片足を抱えた少年は、立てた人差し指をくるくると回す。

「普通の人は、胸か股間にぐるぐるしてるんだけど」

言いながら、岡村の胸のあたり、そして下腹の方に向かって指を回した。

「お兄さんは、頭の中だね。初めて見たかも知れない」

岡村の頭のあたりに向かって指を回していた少年は、それにも飽きたようにソファーの背もたれに寄りかかった。両足を抱え上げて目を伏せる。

「恋とは限らないでしょう」

岡村は答えた。閉じかけていた少年の目が、片方だけ開く。

「わかるよ。さっきの偉そうな男。あの人も恋をしてるでしょう？　あれも珍しかった。全身だもの。あぁいう人はね、強いよ。恋に守られてるから」

少年の愛らしい顔とあいまって、発言はファンタジックだ。子どもの戯言と切り捨てることは簡単だが、そうとばかりも言えない。

岡村のアニキ分である岩下周平が、全身全霊を傾けるような恋をしていることは事実だ。

「恋って、いいものなの？」

「さぁ、どうでしょうか」

胸を張って肯定する勇気が岡村にはなかった。

胸の奥に、報われない想いが巣食っている。それを恋だと断言することに躊躇はない。

でも、その程度のものだと思いたくない気持ちもあった。

あの人のためならいつでも死ねる。

そう思い続け、いつかはそうして終わりたいと願う。一方で、恋に生きる相手のために
生き続けるのだと決意をしていた。

自分が死ねば、その分、想い人の周囲は手薄になるからだ。

「どんな人？　そんなに綺麗な女なの？」

「……生命力の強そうな人です」

「へぇ、いいね。そういうの好き。犬猫みたいにポンポン孕む女とかいいよね」

「……いや、それは」

「違うの？」

「違います」

苦笑いを返す。少年は自分の爪をぼんやりと眺め、

「お兄さん、岩下の跡を継ぐ人なんでしょう」

たわいもない会話をするようなそぶりで、深部に切り込んでくる。

取引相手の愛玩物が口にするようなことじゃない。いや、うかつな愛人たちなら、情報通であることをしたり顔でひけらかすこともある。でも、少年の口調は素直で、これみよがしなところがまるでなかった。

「男も抱くの？　想像つかないね」

「苦情処理を受け持っているだけです」

「それの方がすごいかもね。あの男にたぶらかされた相手は情念が深そうだもの」

少年の肩が揺れる。笑っているのだ。

岡村は混乱した。次第に、自分が子どもと話しているのか、大人にからかわれているのか、わからなくなっていった。

＊＊＊

その頃。佐和紀は、窮地に立っていた。

追及の手をゆるめないユウキのもとへ戻るのが億劫になり、プールサイドのトイレを出

た後、反対方向のデッキへ足を向けた。

人影はまばらだったが、人々の喧騒はさほど遠くない。誰かそのあたりの男にタバコをもらおうと振り向いたところで、数人の屈強な男たちに囲まれた。

抵抗しなかったわけじゃない。だが、暴れるには場所が悪かった。一般客が通りかかったせいで気が削がれた一瞬の隙に、いきなり注射針を腕へ刺されたのだ。

「面倒かけるなよ、淫売が」

佐和紀に殴られた男の一人が唾を吐くように言う。固めた拳を男の腹へ打ち込もうとした佐和紀は、別の男に止められる。

すると、一分もしないうちに足元がふわふわして歩けなくなった。薬の即効性に驚く間もない。両脇を抱えられ、従業員用のエレベーターに乗せられる。下へ下へ、降りていった。

両脇を抱えられた佐和紀は、男たちをぶちのめすことばかり考えた。意識はなんとか繋がり、指先はまだかすかに動く。だが、頭が正常に働いているかどうかの自信はなかった。

周平の顔が脳裏をよぎったが、それよりも、ユウキがまたキャンキャン怒る方をいやだと思う。顔がかわいい分、あの叱責はキツい。

数少ない友人への罪悪感だと、佐和紀はまだ気づいていなかった。ユウキも同じだ。佐和紀に対する自分のキツさは、かつて大好きだった周平を奪った腹いせだと信じている。

でも本当は違う。すでに新しい恋を始めているユウキにとって、周平は過去の男だ。男娼として孤独に生きてきたユウキもまた、佐和紀同様に友情がよくわかっていない。

佐和紀は客室のひとつに連れ込まれる。でも、普通の部屋ではなかった。片側の壁一面に大きなガラスがはめられている。

その向こうでは、肌色がもつれあっていた。目を細めた佐和紀は、それがマジックミラーで、隣の部屋が乱交会場だと悟った。

投げつけられた罵声（ばせい）の意味をやっと理解したのと同時に、クスリを打たれている場合じゃないと激しく後悔する。他の客を巻き込んででも抵抗するべきだったのだ。騒ぎを起こし、人が集まれば、あるいは助かったのかも知れない。

ＶＩＰの催しを仕切っているのだろうタキシード姿の男が颯爽（さっそう）と近づいてくる。おもむろにあごを摑まれ、顔をあげさせられた。

周平に近しい者ならば佐和紀に気づく。そう考えた淡い期待は、覗き込まれて落胆に変わる。相手は眉ひとつ動かさなかった。

「暴れるんで、軽く打ちましたけど」

佐和紀の両脇を支える男のうち、右側についている男が言った。

「こんな男、いたか？」

「見覚えはありますし、格好も、花の色も……」

「まぁ、上玉だからいいだろう」

「クスリが抜けるのを待ちますか。まだ抵抗するんですよ」

「何が気に食わねぇんだろうな。こんな格好でめかしこんでるんだ。どうせパトロンを探しに来たんだろう」

やることは一緒だと言いたげに、タキシードの男がせせら笑いを浮かべた。

「暴れるなら手枷をつけて出せ。クスリが切れないうちに突っ込まれれば、おとなしくなる。さっきからお待ちかねだ」

命じられた男たちは、佐和紀の腕を乱暴に動かし、腰の後ろで重ねると拘束具をつけた。立っているのもおぼつかない足はそのままだ。

「あんまり困らせるなよ……？　連れていけ」

あごを揺すられ、ぴしゃりと平手で打たれる。佐和紀は睨み返すこともできなかった。全身から力が抜け、男の一人に抱き上げられて連れていかれる。

控室になっている小部屋を抜けた先は、乱交パーティーのフロアだ。

薄暗いサロンには、甘ったるい匂いが充満していた。あちらこちらから嬌声が聞こえ、淫靡な笑い声が静かなＢＧＭと重なり合って響く。

抱き合い、重なり合い、もつれ合うのは男ばかりだ。服を着たままで腰下だけ出してうずくまる男もいれば、全裸で足を大きく開いている男もいる。

ついたてでいくつにも区切られたフロアは、まるで迷路だった。

あちらこちらに設置されたカウチソファーの脇を通り、ベッドを行き過ぎる。天井から吊るされたレースに囲まれ、もつれ合う男同士はまるで獣のような息遣いを繰り返している。

佐和紀はくちびるを震わせた。形のいい目元に嫌悪を浮かべても、運んでいる男は気づきもしない。

さらに別のベッドは円形をしていた。すでに一人の男娼が複数の男から責められ、取り囲むように置かれたいくつかのソファーには半裸の男が座っていた。みずからの下半身を触りながら犯される男を鑑賞している。

佐和紀の肌には知らぬうちに鳥肌が立っていた。しかし、目元はとろりとして焦点が合っておらず、だらしなく開いたくちびるは煽情的でさえある。

「お待たせいたしました。どうぞ、ご賞味ください」

男の声がして、商品となった佐和紀は豪奢なソファーに恭しく下ろされた。まるで人間サイズの人形のように据え置かれる。髪を指先で直され、手の位置も調整された。

「写真で見た顔と違うな」

しわがれた声がして、佐和紀の前に上半身裸の客が立つ。それでも容姿に満足したのだろう。佐和紀をここまで連れてきた男は、一礼して去っていった。

「おまえ、男はどれぐらい知ってるんだ。男娼にしちゃ、純な顔じゃねぇか」

四十代半ばに見える男はぐひひと笑い、汗ばんだ指で佐和紀の頬にべったりと触れた。いそいそと自分のパンツをおろす。

言葉を返そうとした佐和紀のくちびるは震えるだけだ。声は、喉でもつれてしまう。指先、足先と動かしてみるのだが、どれも思った反応にならない。なのに、チャイナドレスを撫で回される感触はあり、嫌悪感でびくびくと身体が震える。

触られることを喜んでいると思われたくなかったが、抑えようとするほど身体は激しく揺れる。

「いやらしい身体じゃないか。まだ経験数は少なそうだな。今夜は、とことん仕込んでやるからな」

チャイナドレスの裾が腰までまくられ、下着を引きずりおろされた。

「いやらしい肌をしやがって。だから、おまえらは淫売なんだ。男に汚されたくてたまらないんだろう」

下品に笑う男は、言葉汚く罵りながら、佐和紀の膝を左右に割ってソファーの上でM字に立てさせた。そのまま前に進み、片膝を摑むように撫でながら、自分の股間をせわしなくいじる。

「どこから犯してやろうか。うぅん?」

やめてくれと声に出すことも、拒絶のために頭を振ることも佐和紀にはできない。あきらめるしかないのかと思った瞬間、心に冷たい風が吹き込む。

周平の面影が胸に差し込み、佐和紀の瞳はじわじわと潤んでいく。

結婚するまでは、貧乏な組で暮らしていた。その場しのぎの金のため、組を抜けた幹部を回り、連中の股間をしごくような真似もしてきた。

尻を貸さなければセックスじゃないと思えたのは、まだ何も知らなかったからだ。誰かと肌を重ねる深刻さを、まるで知らない処女だった。

「服にぶっかけてやろうか。それとも、この足か……。腋にもこすりつけたいなぁ」

下卑た笑い声から顔を背けた。つもりだったが、視線がわずかにそれただけだ。佐和紀のくちびるはわなわなと震え、青ざめた肌には脂汗が滲む。

今は、もう昔とは違っている。

自分にもついているイチモツだと割り切れなかった。

周平の愛を知っているからだ。色事師と呼ばれながら淫蕩の限りを尽くした男に、周りが知ればあきれるほど、優しく大切に扱われた。

人肌の温かさも、繋がる熱さも、果てる瞬間のせつなさも、すべては周平から与えられる甘い愛情だ。他の誰かが触れたなら、佐和紀だけじゃなく周平にも傷がつく。持ちものを汚されることによる対外的なプライドの話ではない。佐和紀が傷つくことで、周平の心の奥にも傷がつくのだ。

今となっては、そういう関係の二人だった。

でも、逃げきれない。佐和紀はそう思った。

できるなら、挿入だけは避けたい。どこをどう使われてもいい。ただ、あの場所さえ守りきれたなら。

あとは、自分の胸にだけ秘めておく。そうすれば、周平には知られずにいられる。信じた佐和紀は浅はかだった。

どんなに相手を知ったつもりでいても、佐和紀にはまだ周平の愛情の裏にある深みを想像できない。誰かが触れた肌を気づかずにいるような愚鈍さがあるはずもなかった。

特に佐和紀に対してだけは、本人でさえ持て余すほどに愛情が溢れている。溢れすぎて、独占欲や嫉妬(しっと)心といった薄暗いものさえ覆い隠してしまうほどだ。

周平は、佐和紀の肌につけたキスマークひとつ忘れない。

だから、どんなに上手に騙したつもりでも、真実は見抜かれる。欺けると思う佐和紀は、まだまだ経験値が低い。

「嫌がる顔がまた、たまんねぇじゃねぇか。気持ち悪いか？　えぇ？　汚い男の精液をたっぷり飲ませてやるからなぁ」

佐和紀の顔を眺めながら、足を撫で回した男は、はぁはぁと興奮した息を繰り返す。自慰を愉しんでいる頭の中で、ありとあらゆる妄想をしているのだろう。

「あぁ、もう出そうだ。やっぱり、口だな。まずはその口を犯してやる」

男の目がぎらっと光り、佐和紀の髪を鷲掴（わしづか）みにしながら、ソファーに片膝を乗り上げた。

先走りでぬるぬるになった亀頭から、嗅ぎたくもない匂いが漂い、佐和紀はくちびるを引き結んだ。周平以外のものをくわえたことのないくちびるが犯されようとしていた。

佐和紀の頭の中は、もう真っ白だ。

周平を思い出そうとしたが、それは嫌だと思い直す。拘束された手首の先で指先がふるふると痺れ、たまらずに頭を振った。

「いやがってんじゃねぇぞ。おらッ……」

イチモツを手で摑んで誇示する男は、獲物をもてあそぶ愚劣さでヘラヘラと笑う。どす黒い亀頭が、佐和紀の乾いたくちびるを追いかけた。

5

人肌の感触に、するっとくちびるを覆われる。

佐和紀の白い喉がひくっと脈を打ち、どこからともなく現れた華奢な指先がくちびるを撫でた。

「これぐらいで、泣かないでよ」

からかいを含んだ少年の声に耳元をくすぐられる。隣に寄り添っているのはユウキだ。見慣れた愛らしさがそこにあり、佐和紀は潤んだ目をしばたたかせた。まだ泣いてはいない。

「うらやましくなっちゃうぐらい、ご立派……」

もう一人、妖艶な声がして、佐和紀を押しのけるように男との間へ割り込んだ。チャイナドレスを着た星花は、形のいい足を深いスリットから惜しみなく晒し、佐和紀を相手に息巻いていた男の股間へ手を伸ばす。

「お相手がいなくって……、身体が疼いちゃうんです……」

甘ったるく言いながら迫った星花は、あっという間に男とくちびるを合わせた。躊躇がないどころか、男が怯むほど積極的だ。

「俺は、そこの……」

「先に、たっぷりご奉仕させて？　好みのタイプだって、ずっと思ってたんです。ね……？」

押しのけられそうになった星花は、男のあごに手のひらを当てた。自分の方へ引き戻す。淫らな仕草で男の股間をしごき、太ももをすりすりと寄せていく。

「あの子たちに、レズプレイさせるから……。こっち、向いて。もっと、いやらしいおツユを、たくさんください」

演技とは思えない熱っぽさで、星花は男の首に腕をまわす。まだ佐和紀をあきらめていない男は、星花を抱き寄せながらも肩越しに佐和紀を見る。

そのとき、佐和紀のくちびるを、ぷっくりと柔らかなユウキのくちびるが覆った。

「んっ……」

佐和紀が驚いたときにはもう舌が絡んでいた。わざと息のできないキスを仕掛けたユウキは、佐和紀の弾む息に合わせて甘く喘いだ。見かけはディープなキスだが、実際はテクニックで補われている。

「ベッドに行きましょう」

星花が男を誘った。艶めかしく身体をくねらせて腕を引く。

「今夜はおクスリを飲んでるの？　こんなに硬いなんて……。何回できるか、僕のいやらしい穴で数えさせて」

ゴージャスな星花が並べ立てる卑猥な言葉に、男はふらふらとついていく。

二人は手近なベッドへもつれるように倒れ込んだ。

「立てる？」

柔らかな水音をさせながらキスをしていたユウキのくちびるが、佐和紀の耳に近づいた。甘いムードはそのままでささやかれ、

「腕を、貸してくれたら……」

佐和紀は答えた。なにげなく視線を向けた先に、星花と男が転がっている。唖然とした佐和紀は呆けた。

男にのしかかられた星花はしどけなく足を開き、もうすでに結合しようとしていた。その顔に浮かんでいるのは余裕の笑みだ。

滴るような淫楽が垣間見えた瞬間、男が腰を進め、星花は挿入の衝撃に艶めかしくのけぞる。

「えげつないもの、見てるんじゃないの」

ユウキの手に、顔の向きを変えられる。

星花の喘ぎ声が聞こえたが、見ることは許されない。もう一度、ユウキからキスをされ、

そのまま楽しむそぶりで引き起こされる。思った以上に、足腰はしっかりと床を踏んだ。

　腰に手をまわすように促されたが、まだ拘束具がついたままだ。ユウキに抱きしめられながら、ついたての裏に入る。そこでもまた、別のグループがセックスの真っ最中だ。

「いちゃいちゃ、してて」

　しなだれかかるユウキが言う。佐和紀は言われるまま、こめかみへくちびるを押し当てた。ときどきキスの位置を変えながら、ユウキの足取りに従う。

　そこへ到着するのも簡単ではなかった。マジックミラーの向こうにいる監視に、いつ見つかるとも知れないからだ。

　乱交に引きずり込もうとする男たちをうまくかわして、互いを守りながらようやく薄暗いフロアの隅へたどり着く。

　闇の中に紛れている暗幕の裏に避難口が隠されていた。ユウキがノックすると、ドアが開く。ユウキはまず佐和紀を押し込んだ。それからすぐに、体当たりする勢いで中へ入り、ドアを閉めた。鍵をかける。

　突き飛ばされた佐和紀は足をもつれさせ、つんのめった。

　そこへ男の腕が伸びて、全身で受け止められた。石垣だ。

「佐和紀さん……」

「何もされてないよね!?」

石垣を押しのけるように、ユウキが声をあげる。佐和紀の背後にまわり、鍵のないベルト式の拘束具をはずす。

「……なんか、クスリを打たれたけど」

佐和紀の答えに、身体を支えている石垣が動いた。

顔を覗き込み、両目の下まぶたを引っ張る。指を立て、目で追うように指示をしてから、首元で脈を確認した。

「佐和紀さん、症状は？」

「目がぼやけて、足元がふらふらした。今は、だいぶマシ」

「抵抗させないための弛緩剤の一種ですね。粗悪なものは使ってないはずなので、すぐに抜けると思います」

「本番中に副作用が出たら困るから、大人数の乱交では興奮剤も使わないはずだよ」

ユウキがつけ加えた。ハッとした佐和紀は、扉を振り向く。

「星花は……？」

「助けに行く必要ないよ」

冷淡な返事をしたユウキが、あごをそらす。

「そんなことしたら、反対に怒られるよ。さっきの男、足腰立たなくなるまでやらされるから」

「……それって、どういう」

　疑問をつぶやいたのは石垣だ。ユウキは眉をひそめながら答えた。

「ホンモノなんだよ。勃起してるチンポがついてれば、誰でもいいの。この中の客なら病気の心配もないし、入れ食いでしょ。役得なんだから」

「マジかよ」

「石垣はここで待っててあげて。どれだけかかるか、わからないけど。もしも、問題が起こりそうなら、迷わないで周平の名前を出して。大滝組じゃなくてね。あと、きちんと断らないと、星花に押し倒されるから」

「え……、あぁ。わかった」

　うなずいた石垣はあらためて佐和紀へ向き直る。髪から花の飾りを取り、床に投げ捨てると忌々しげに踏みにじった。

「アニキに連絡がつきました。ユウキが案内します。……そんな顔するなら、乗船しなければよかったんです」

「……冷たい」

　佐和紀はそっぽを向く。周平に知られたとわかり、安堵よりも先に気まずさが顔に出る。

「どれだけ肝が冷えたと思ってんですか」

　憤りを押し隠した声で、石垣が言った。そもそも乗船には反対だったのだ。

「そばを離れた俺が、いけませんでした」

厳しい顔つきで、ぐっと奥歯を噛みしめる。

「そんなこと、言ったって……」

佐和紀が不機嫌に答えると、ユウキが一歩踏み出した。

「佐和紀。あんたがそういう態度を取るとね、結局は舎弟が謝ることになるの。周平にも怒られるのに、それより先に自分が叱りたいの？　謝りなよ」

ユウキに責められ、佐和紀は途端に気落ちする。素直に頭をさげた。

「……ごめん」

「いや、謝って欲しいわけじゃ」

しどろもどろになる石垣の肩を、ユウキがバシンと叩いた。

「対処方法を嫁に教えてない周平にも、落ち度があるでしょ。そこのところは、僕が言っておく」

あとはよろしくね、と石垣へ言い残し、ユウキは足元のおぼつかない佐和紀と腕を組んだ。

廊下へ出た佐和紀は大きく息をつく。がっくりと肩を落とすと、ユウキから労うようにポンポンと肩を叩かれる。

「取り乱さなくて偉かったんじゃない？　泣き顔なんて見せたら、石垣がバカになっちゃう」

「……泣くかよ」

「本当に？」

「でも、助かった。……ありがとう」

「しかたないんだよね」

くちびるを尖らせたユウキは、廊下の先をじっと見つめた。

「あんたに何かあると、寝覚めが悪いんだもん。僕ばっかり幸せじゃ、周平にも悪いし」

「……なぁ。さっきの星花が本当の姿ならさ、タモツが断ったぐらいでやめるのか？」

ふいに浮かんだ疑問をなにげなく口にする。

「無理に決まってんじゃない？」

ユウキは花がほころぶようなかわいい顔で、あとのことを知りもしない佐和紀に向かって微笑んだ。

＊＊＊

周平が待っていたのは、ＶＩＰ専用のエレベーターで上がった先にある、スィートルームだった。

ドアを開けるとリビングのソファーが見え、背後には大きなガラス窓。夜景がきらきらと輝いていたが、それよりも目立つタキシード姿の周平に引き寄せられた佐和紀は、宙を睨んだ。

ぎゅっと強く抱かれて、広い背中へ腕をまわす。上質な生地の感触がして、吸い込んだ空気にも、いつもの香水が混じる。周平がそこにいると実感した瞬間に心がふっとほどけて、何も言い出せないうちから涙が滲む。隠しながら、くちびるを噛みしめた。

「悪かったな、ユウキ」

佐和紀の背中を抱いた周平が声をかけると、ユウキが答えた。

「どういたしまして。……何かの拍子でね、髪につけた花の色が変わったみたいだよ。それは誰のせいでもないけど、そもそもは、チャイナを着せた星花が悪い。絶対にわざとでしょ。僕が見つけたときも、二人でいちゃいちゃしてたしね」

「佐和紀……」

周平に呼びかけられ、佐和紀はわざとらしくタキシードの肩に頬をすり寄せた。

「ふざけてただけだ」

ぶっきらぼうに答える。

「おまえの悪ふざけは男らしすぎるから、ほどほどにしておけよ。それとも、星花ならその気になるのか？」

「そういうことじゃない」

　答えた声は尻すぼまりだ。

「その星花はどうした。一緒じゃないのか」

　周平があきれたように言い、ユウキは肩をすくめた。

「逃げるために残してきた。いいでしょ？」

「客の方が心配だな」

　周平が笑うと、かすかな振動が佐和紀に伝わる。それほど強く抱かれたままだ。腕の中に閉じ込められた佐和紀は、どこかぼんやりと、間近にあるタキシードの襟を指でなぞっていた。

「ちゃんと社会見学させないから、こういうことになるんじゃないの？」

　ばつの悪そうな佐和紀を見たユウキが、不満げな声で言う。

「星花あたりにつけこまれたら、石垣や三井じゃ断りきれるわけがない。岡村がずっとついてるならまだマシだろうけど、そうもいかないんでしょ。それなら、ちゃんとしてあげてよ。飼い主の気まぐれでカゴに入れたり出したりするのは。よくないと思う」

「飼い主じゃない」

　周平がぴしゃりと答える。

「ものの喩えですぅ。とにかく、見るもの見せて、連れていくとこ連れていって、きちんとしてやってよ。箱入りでいられる性格じゃないのは、周平が一番よく知ってるはずなんだから。どうせ、そのうちにスレるから、それまでは純でいさせようなんてね、迷惑なの。こっちが」

「悪いな、気を回させて」

「ほんと、わかってんの？　あやうく、僕まで男娼に逆戻りしそうだったんだから。いっそ、岩下周平の印籠でも持たせておいたら？」

「考えておく」

周平はおかしそうに笑う。

「ほんと、お願いだよ。あとね、助けるときにキスしたの。言っておくね」

「ん？」

いぶかしげな声を出した周平が、佐和紀の顔を覗き込む。

「した」

こくりとうなずいたが、視線は向けられない。問いただそうとする周平を、ユウキが止めた。

「僕にも旦那がいるし、めんどくさいことにはなりたくないから。それ以外のことはしてないし、他の男にもされてないと思う。……どっちが返してくれてもいいけど、これは貸しだから」

「感謝するよ。……そのキス、引き取ってやろうか」

佐和紀を片手に抱いたまま、周平が手を差し伸べる。

ユウキは佐和紀の乗船に関わっていない。自分の身を守りたいのなら、放っておくことだってできたのだ。でも、佐和紀を見捨てなかった。

花も恥じらう美少年は、迷惑そうに眉根を引き絞ったまま後ずさった。

「いらない。義孝が周平と間接キスすることになるもん。それなら、佐和紀とのキスを分けてあげた方がマシ」

「それならそうしてやれ。役目は切り上げさせるから、あとは二人で楽しむといい」

周平の言葉に、ユウキが浮足立つ。恋人を想う可憐な笑みが顔中に溢れている。

「あとどれぐらい？」

「三十分程度だろう」

それを聞き、ユウキはますます笑顔になる。

「部屋で待ってる。それじゃあね、佐和紀。あとは周平に慰めてもらって」

甘いウィンクを残して、ユウキはいそいそと部屋を出ていく。後ろ姿を目で追った佐和紀の頬に、周平の手が押し当たった。

「本当に、何もされてないのか？」

言い出しにくいことでも、ぽろりと口にできそうなぐらいに優しい声だ。

胸の奥がきゅんとして、伏し目がちの佐和紀は頭を振った。それから、大きな男の手に頬をすり寄せる。

「足を撫で回されてさ、股ぐらを見られながら、マスを掻かれただけ。……危ないとこで、二人が助けてくれたから」

「ユウキのキスは、おまえの役得だったな」

周平の指がくちびるをなぞる。温かさが尾を引いて、卑猥だ。佐和紀の腰は、さっきまでの危機感を忘れ、性懲りもなく興奮した。

「どうだった、ユウキのキスは」

「……すごかった」

周平の仕込みなのかと聞きかけて、言葉を飲み込む。

「嫉妬しないの？」

率直に聞くと、周平は困ったようにまなじりを下げた。

「考えてるんだよ。おまえにお仕置きをするべきなのか、それとも慰めてやるべきなのか……。こんな格好して……、悪いと思ってるんだろうな」

「慰めてもらえ、って、ユウキは言ったよ」

周平の言葉を無視して、佐和紀は小首を傾げた。

「怖かったのか」

また優しく問われる。どれほど心配をかけたのか。それを想像するたびに、佐和紀の胸は甘く痺れて疼いた。

「キス、して」

タキシードの襟を摑み、くちびるを近づける。待つほどもなく、ついばむようにキスをされた。上くちびるに続いて、下くちびるを挟まれ、焦らされる。

「もっと、ちゃんと」

「……佐和紀。おまえ、ユウキにキスされて勃起したか？」

「あぁん？」

思わず気色ばんだ。

「反応するな、って方が無理だ」

ただでさえ、花がほころぶような美少年だ。その上、あんなにしどけないディープキスで舌が絡めば、濡れた感触だけで男は逆撫でされる。

「まいったな。おまえには」

「しかたないじゃん」

「男相手に勃つんじゃ、安心できないだろう」

「浮気はしない」

佐和紀は古い種類の人間だ。心の浮気も身体の浮気も良しとしていない。

けれど、周平は知っている。

「……おまえの愛情のキャパは広いからな」

言われた佐和紀は、意味がわからずに、きょとんとした目を向けた。

「キャパって何？」

「容量だよ。器の大きさだ」

「周平の方がよっぽど大きい」

「俺は、おまえにだけな」

「そんなことない。おまえは、舎弟のことも大事にしてるし、ユウキのことだって……。能見の金回りが良くなるようにしてやってんじゃん」

「それは愛情じゃない」

「俺だってそうだ」

おもしろくなさそうにくちびるを尖らせた佐和紀は、両腕を伸ばした。周平の首へと絡める。

「周平しか好きじゃないし、周平のことだけ愛してる」

「……部屋に入ってきたおまえを見て、心臓が止まるかと思った」

佐和紀の頬を両手で包んだ周平がゆっくりとキスを繰り返す。

「……犯されたと、思った……？」

「違う。あんまりにも、綺麗で。……お仕着せのチャイナドレスで、こんなに燃えるとは思わなかった。今夜のことは怒らないから、このまま抱かせろ。……身体の奥まで、慰めてやる」

「……ん」

　抵抗なんて存在しない。抱き寄せられるままに身を任せると、くちびるを貪られながら、窓際へ追い込まれる。

　チャイナドレスのスリットの間へと、周平の手が滑り込んだ。ジンジンと痺れる肌を撫で回され、下品な男の手の感覚が上書きされていく。すべては元へ戻る。佐和紀の肌が知っているのは、熱い周平の指先だけだ。

「んっ、ん……」

　指がやわやわと動き、薄い体毛をまさぐってうごめく。

「下着は脱がされたのか。おまえの薄い股間で、興奮したんだろうな」

「思い出させるな。気持ち悪かったんだから……」

「今度、危険な目に遭いそうになったら、後のことは考えずに暴れろ。どうなったって手の施しようはある。おまえに致命傷がなければな」

「こんな格好、しなければよかった」

「でも、よく似合ってる。女物の下着を穿かせて、もっと倒錯的な楽しみ方をしたいな」

「ヘンタイ……」

あきれた振りで笑うと、キスでくちびるがふさがれる。

佐和紀も指先を滑らせ、周平の頬をなぞった。

男らしいラインを何度もさすり、タキシードの上着を脱がす。床へと落とし、サッシュベルトを指で撫でた。

そのまま前立てのファスナーを探すと、周平の手が動く。自分で探り、半勃ちになっている昂ぶりを摑み出した。

他の男のものを見たときは、えげつないと感じたのに、周平の手がこれ見よがしにしごきあげるモノは、まるで印象が違う。

根元から太いそれは、ビクビクと脈を打ちながら大きく膨らんでいき、すぐに、直視するのが恥ずかしいほど成長する。

亀頭と陰茎の境にはくっきりと段差があり、浮き上がった血管が生々しい。見ているだけで夜毎(よごと)の淫らさが甦り、肉の硬さが身体に出入りする感覚を思い出す。佐和紀の腰は震えた。

両手を伸ばして手のひらを押し当てると、周平の陰茎は脈を打って跳ねた。うつむいて眺める佐和紀は、かすかな吐息を漏らす。

ふいに視界へと影が差し、覗き込むようにしてくちびるを吸われる。追うように這い出した舌が捕えられ、ヌメヌメと濡れた肉片同士がこすれ合う。

「ん、ふっ……ぅ」

艶めかしい息遣いをしながら、佐和紀は上目遣いに周平を見た。

「おまえとするときが、俺の人生の中で一番大きくなる」

ふざけたことを言った周平の両手が、佐和紀の胸をチャイナドレスの上から摑んだ。女ほど確かな乳房はないが、ほんのわずかな厚みの胸筋が揉みしだかれる。

「んっ、ン……」

爪の先が乳首をかすめ、眉をひそめた佐和紀は軽くのけぞった。周平の指が突起を摘み、生地の上からくりっとこねる。

じんわりとした痛みに、佐和紀はノスタルジックなせつなさを覚えた。

甘い声がくちびるからこぼれ、目を細めて快感を味わう。

「こんなに乳首を立てて……いやらしいな」

何度も何度もじれったく愛撫され、そこはますます敏感に、そして確かなしこりに変わってしまう。身体の底から欲望が突き上げ、佐和紀は我知らずに背をそらす。まるで、してくれとねだるように胸が突き出て、周平がおもむろに身をかがめた。

チャイナドレスの布地をつんと押し上げている乳首へ吸いつかれ、

「あっ、あぁっ……んっ」

佐和紀の腰はびくっと敏感に震える。

「はぅ……ぁ」

周平の股間から手を離した佐和紀は、胸へと吸いつく男の髪へと両手を差し込んだ。きれいに撫でつけられた周平のヘアスタイルを乱していると気づかず、執拗に布地を濡らしていく男を抱き寄せる。

「あっ、あっ……。いっ、いい……」

快感の声がくちびるからこぼれ、恥ずかしさに身体がかぁっと熱くなった。肌がしっとりと濡れるような感覚の後で、乳首はさらに感じやすくなる。

片手でこね回され、舌先でねぶられ、布地越しのじれったさに身を揉んだ。

「佐和紀。オイルを取ってくるから、待ってろ」

身体を離した周平は、自分の股間を掴み、慰めるようにしごきながら言う。佐和紀は乱れた息を繰り返しながら、濡れた胸元を押さえて窓辺へもたれた。

「ベッドに……」

かすれた声は甘い誘いになる。ふっと笑った周平は片目を閉じた。

「待ってろ。夜景を眺めながら、イカせてやる」

「そんなの……」

眺める余裕なんてあるわけがない。

そう言いたかったが、散々いじられた乳首が疼いて言葉にならず、身をかがめるようにして窓にすり寄る。ガラスのひんやりとした冷たさは心地よかったが、火照った身体をなだめるほどではない。

交差させた両手で胸を覆い、佐和紀は浅い息をつく。

チャイナドレスの裾の下では奔放な雄も立ち上がり、布地にこすれるたびに脈を打つ。もう触りたかった。根元からしごいて、先端から溢れる先走りを広げて、ぬるぬると撫で回したい。

欲望が脳を刺激して、佐和紀はくちびるを噛んだ。

「そのまま、窓に向かって、手をついて」

隣の部屋から戻った周平が言う。のろのろと動いて従うと、部屋の明かりが消えた。

窓の向こうに、船を彩る電飾がまたたく。窓には周平が映って見える。タキシードの上着を脱ぎ、シャツの前をくつろげた姿は色っぽい。巻いたままのサッシュベルトのあたりに反り返っているモノを見た佐和紀は生唾を飲んだ。

それを気づかれるのが恥ずかしくて、慌ててガラス窓に額を押しつける。近づいた周平の靴で、裸足の足を左右に開かされる。その間にバスタオルが無造作に投げ置かれる。

「おまえが来るとわかってれば、ローションを用意したんだけどな。備え付けのオイルだ。天然素材だから心配ない」

周平の声とともに、バニラの甘い匂いが漂った。

オイルをべっとりとつけた周平の手は、まずスリットから裾の中へ入り、佐和紀の太ももの付け根をなぞった。片側の鼠径部をマッサージするような動きは、やがて太ももの前側を撫でて膝の上あたりで止まる。そして今度は、腕を変えて反対側を同じようにされた。

「周平っ……」

下半身をオイルまみれにされたが、まだ肝心な部分には触れられていない。オイルの容れ物をバスタオルの上に落とした周平の手が、両際のスリットから鼠径部をなぞり、ぐっと腰を引いた。突き出した尻の間に硬いものが押し当たり、佐和紀は伸び上がるようにガラス窓にすがる。

チャイナドレスの布越しに割れ目をこすられ、佐和紀はふるふると首を振った。膝が震えそうになり、自分からも腰を突き出す。すると、周平の腰はいっそういやらしく動いた。

突き立てるように先端が押し当たり、布地ごとずるっと動く。繰り返されるたびに佐和紀の尻の肉が開き、布地が食い込み、刺激に弱いすぼまりがこすられる。

「あっ……やっ……ッ」

ぞくっと震えた佐和紀の股間は勃起して、前を覆い隠すチャイナドレスの可憐な裾を押し上げる。

「高級なシルクだな。……せめても、だ」

周平の声がほんのわずかに沈んだのは、佐和紀を危険な目に遭わせた星花への怒りだ。

「俺がこんなことをしたいと言っても、着ないくせに」

耳元にささやかれ、佐和紀は両目を閉じてのけぞった。

身体中が熱を帯び、乱れた息がガラス窓を曇らせる。

腰をぴったりと合わせた周平は、まるで立ちバックで責めるように艶めかしく動いた。

そして、片方の手を佐和紀の股間へ這わせる。

「こんなに濡らして……。雫が垂れそうだ」

先端を握られ意地の悪い言葉を耳打ちされる。それだけでも苦しいほど感じてしまう佐和紀は、さらにシルクのなめらかさで性器をしごかれ、倒錯的な快感を受け止めきれずに喘いだ。

「もっ……嫌だ、ヘンタイ……ッ」

チャイナドレスを外側から汚され、さらに内側から汚す恥ずかしさで息が詰まる。気持ちいいから、性質が悪かった。

「着替えはある。いつまでも、こんないやらしいドレスは着せていられないからな」

低い声で色気たっぷりにささやく周平は、そんなドレスの、一番いやらしい使い方を知っているのだ。

周平のもう片方の手が、引き寄せていた足の付け根から動いた。

竿の下にある膨らみを包まれ、佐和紀は思わず前へ出る。いつも使うローションと違い、肌に馴染みやすいオイルは摩擦を生む。でも、痛みはない。器用な周平は、絶妙な動きで佐和紀を追い込んだ。

片手でやわやわと袋を揉まれ、もう片方の手で布に包んだ肉竿をこすられる。その上、棒のように固くなったものが尻の間をぐりぐりと動き、

「あっ、はぁっ……、あ、あ……っ」

息が熱く乱れる。

「どこが一番気持ちいい。袋か、竿か。それとも、尻か？」

「……ぃや、だ……」

答えることを拒んで、佐和紀は窓に両手を押し当てた。性器への愛撫が気持ち良すぎて、頭の芯がビリビリと痺れる。

でも、そこが一番じゃない。

じれったい布越しのいたずらをやめて、中をこすって欲しかった。すぼまりをめいっぱいに押し広げられて繋がり、苦しいほどの胴回りで隙間なく揺すられながら、乳首をいじられ、前を責められたい。それが一番気持ちいい。

「も……、それ、ぃや……」

小さく訴え、佐和紀は身をよじりながら周平の胸を押し返した。自分でドレスの後ろ裾

をはだける。

それから、窓に額を押し当てた。もう片方の手で、自分の尻肉を摑んで開く。

「ここ……」

恥ずかしさで身体が熱くなり、目元が潤む。

控え目に突き出した尻のすぼまりが露わになった瞬間、周平の手でうち太ももを撫でられた。

「あぁっ……ッ！」

膝が砕けそうに震え、がくがくと身体が揺れる。

「んっ……」

周平の目の前にアヌスをさらけだし、佐和紀は自分の指で襞(ひだ)を撫でた。まだ指も入れられていないのに、そこは柔らかく湿っている。

そのまま自分の指を差し込みたい欲求が溢れ、息が乱れる。

「しゅうへ……ぃ……」

息が震え、ドキリとするほどの淫靡な声が出た。周平は、熱っぽい息で応(こた)える。

「そんなところをヒクヒクさせて……、そのくせに、欲しいも言えないんだな。どうしてやろうか、佐和紀。もっと焦らして、とろとろにして、朝まで存分に抱きつぶしてやろうか」

「あっ……」

それは嫌だとも言えない。

トラブルに巻き込まれた罪悪感からではなく、与えられた快感の深さを、めくるめく時間を、佐和紀は知っているからだ。

たっぷりと愛され、理性が蕩けていく瞬間の、脳の痺れが甦る。脳内を満たす麻薬性の興奮を思い出した佐和紀の膝は、ガクガクと震えた。

「しっかりしろ。まだ指も挿れてない。腰が砕けるのは、俺が内側を愛してからだ」

いつのまにか拾い上げたオイルが尾てい骨に垂れ落ち、くぼみから溢れて割れ目を伝う。濡れた周平の指が、自分の尻肉を開いている佐和紀の爪を撫でながらすぼまりを押した。ゆっくりとほぐされ、やがてオイルが馴染んでスムーズになる。太い男の指が、開いた蕾の奥へと差し込まれた。

「くっ……、はっ……ぁ……ぁ……」

「今夜もおまえの締まり具合は処女みたいだ。すぐに溶けて、俺の形になるけどな。そこがまた、たまらなくいい」

指先で内壁を掻かれ、佐和紀はくちびるを噛んだ。

指の節が蜜口を撫でるたび、そこを押し開いて、ずるんと入り込む亀頭の太さを思い出す。苦しさの後に来るのは酩酊に似た快感だ。

それを思い出しただけで、佐和紀はうっとりと目を細めた。

どんな痴態も喜んで愛してくれる周平が好きだと、今夜も心の底から熱くなる。だから、どんなに恥ずかしいプレイでも受け入れてしまうし、身体だけじゃなく頭でも快感を得ることができるのだ。

「周平……。して……。苦しくて、いいから……」

誘いの言葉は舌足らずになったが、指でされて揺れてしまう腰を持て余しては、降参だった。

恥ずかしい声をあげてねだってしまう前に、激しく感じることへの言い訳になるような苦しさが欲しい。その一心だ。

「気持ちよくして、って言えよ……。言わなくても、してやるけどな」

周平の声がうなじをくすぐり、耳の後ろに舌が這う。

その通りだった。苦しいのだって、いつものことだ。どんなに丹念に前戯を施されても、周平の太いものを押し込まれたなら苦しくなる。

オイルをまとった鈴口が佐和紀のすぼまりの狭さに二度三度と滑り、周平の指が襞を開いて道を探る。そこへ先端がぐぐっと押し当たり、小さな穴は初め、怯えたように抵抗をした。まるで、まだ一度も割られたことのない処女穴のように口をつぐむ。

でも周平に焦りはない。周辺の肉を引っ張り、襞をほぐし、裂け目を生み出す。鉄のように硬くなった肉の棒は辛抱強く前後に動き、やがて肉の輪へとめり込んでいく。

なかなか素直にならない蕾が押し開かれ、花は大きく咲き開く。

佐和紀はただ息を合わせて喘ぎ、なおも丹念に繰り返される出し入れの苦しさに奥歯を嚙んだ。

でも、その苦痛の裏に、深い快感は芽生え始めている。じわじわと滲んでくる悦楽の甘い蜜に浸り、佐和紀はその瞬間のためだけに四肢をこわばらせた。

丸々と立派な亀頭が、ずくっと肉の輪の内側に入り込み、柔らかな肉の壁は圧倒的な存在感で掻き分けられる。

今夜の処女地に道がつけられ、

「あぁっ……」

佐和紀は泣き崩れる瞬間のような声をあげる。とっさに伸びてきた周平の腕が、後ろから胸を支えた。

「いいっ……」

窓に額をこすりつけ、胸にまわった周平の腕を両手で抱きしめる。足が震え、腰が震え、胸の奥が張り裂けそうになった。

根元まで入れずに、周平はその場で腰を揺すった。それでも、快感は激しい。

「うっ……、んっ、んっ……。あぁ、あぁっ」

周平の肉は、手で包んだときとは比べものにならないほど熱い。内側から爛れそうなほど淫猥な快楽に責められ、佐和紀は押し流されていく。

「はぁっ、ぁ……ん、んっ……あぁ。あぁッ、ん……」

周平の指が胸を探り、乳首を摘まれる。しこった突起をきつくしごかれ、佐和紀はのけぞった。周平の胸に背中が添い、なおも激しく突き上げられる。

もう両足を踏ん張っているのが精一杯だ。両手を窓にすがらせ、顔をその上に押し当てる。

半ばまでしか挿入していないはずの周平の抜き差しは、それでもじゅうぶんな長さがあった。内臓を乱される背徳の淫欲に、佐和紀の理性が爛れていく。

両方の乳首をいじられ、ずくっずくっと中をこすられ、腰が揺らめいた。

「……おおきぃ……っ。周平の、大きくて……んっ。あ、あぁっ、気持ちい……っ、熱くて、きもちいい……」

思いのままに口にすると、周平の動きがいっそう速くなる。激しく内側をこすられ、佐和紀はますます息を乱す。周平の息もいつのまにか乱れていた。

佐和紀を片手で抱き、もう片方の手がドレスの内側を這う。いよいよ泣き出した下半身を大きな手のひらで包まれ、佐和紀はたまらずに腰を前後に振った。

前へ出ると後ろから追われ、身体がべったりと窓に貼りつく。

「んっ……っ」

布地越しに、窓の冷たさを感じた昂ぶりが跳ねる。

「イケよ、佐和紀」

首筋をねっとりと舐められ、敏感な下腹から周平の手が離れる。

「あぁっ、乳首、してっ……」

そこだけは完全に、周平によって開発された性感帯だ。

布地越しに胸筋を揉まれ、指で乳首を挟まれる。快感がビリビリと腰に伝わり、周平が繰り返すピストンの動きで下半身が布越しの窓ガラスにこすれた。揉みくちゃにされる。

「いく、いっちゃう……」

涙声で訴えながら、佐和紀は身を揉んだ。限界が迫り、乳首をいじる周平の手へ指を這わせる。指が絡まり、どちらからともなく、ひとつの乳首を愛撫した。

「周平も……っ、イッて。一緒に……あぁっ、あ、あっ。一緒に……っ。出る、もう、出るっ……」

耳元で、振り絞るような周平の息遣いがして、佐和紀はきつく目を閉じた。熱い体液が注がれ、突き出されるように佐和紀も熱を放つ。

「ぅ……っ。はぁ、ぁ、はぁっ……ぁ」

ずるっと楔が引き抜かれ、さびしさを覚える前に、手荒く身体を反転させられた。おと

がいを摑まれ、噛みつくようにくちびるを奪われる。

獰猛なキスで息もできなくなり、佐和紀は苦しさで涙ぐみながら大きく口を開いた。奥へ舌を差し込まれ、いつもは優しい男の獰猛なキスに身を任せ、したいように貪らせる。

ケモノのような息遣いの周平に、くちびるの端から滴った唾液をべろりと舐められ、佐和紀はその柔らかな肉に吸いつき返す。

射精は終えたのに、また新しい火を灯し始める男の下腹部に、佐和紀は艶めかしく手を伸ばした。

「裸でしたい……。周平にキスして欲しい。ぜんぶ、舐めて……」

キスをしたまま、抱き上げられた。

ベッドへ移動して、もつれ合いながら服を脱がし合う。

周平のタキシードはいろいろと面倒で、佐和紀は早々に脱がすのをあきらめた。その代わりに、脱いでいる隙をついて身をかがめる。

もう装塡が済んでいるような絶倫の銃口に舌を這わせ、くちびるの間に誘い込む。

佐和紀のチャイナドレスを脱がせてから自分の服を脱いだ周平に促され、ベッドの上でシックスナインの体勢になった。

愛撫よりも挿入が欲しくなってしまう佐和紀は、周平にまたがり、またじっくりと焦らされる。何度もドライでイカされ、悔しさで涙ぐんだのをあやされもしない。

言葉もなく荒々しいセックスの隙間を、周平がキスで埋める。

そして最後に、佐和紀が待ち望んだもので愛情を満たした。

泣きながらしがみつく佐和紀は、思うままに抱き寄せられ、自分の生涯でたった一人の男に、また新しい処女地を差し出す。

淫らに四肢を絡め合う二人は、しどけなく濃厚な愛を交錯させた。

＊＊＊

事後のシャワーを浴びた佐和紀に用意された服は、一揃えのタキシードだった。刻み襟のジャケットを羽織り、サイズに問題ないことを確認すると、腰にカマーバンド、首にはサーモンピンクのアスコットタイを結ばれる。

「これで男娼には間違われないだろう」

笑いながら言った周平は、整髪剤で佐和紀の髪を掻き上げた。

「キメキメにすんなよ。タカシに笑われる」

ウェットなオールバックに固められ、佐和紀は鏡の中の自分を睨む。ふいっと視線をそらした。

「チャイナドレス姿で笑われたんだろう。礼装で笑うなら、殴っておけ」

「言われなくてもするけど」

オーダーメイドのスーツと比べ、既製品は身に添わない。一方で、替えのタキシードを持ち込んでいた周平の着こなしは完璧だった。カフスボタンも自分で手早くつけてしまう。

「身体は大丈夫か」

シーツの乱れたベッドの端に腰かけた周平はタバコへ手を伸ばす。

「あんなにしておいて、いまさら聞くなよ」

火をつけるより先に隣へ並んだ佐和紀は、精悍な頬に軽い口づけをして、周平の膝の上へごろりと転がる。

見上げてもバランスのいい顔をしている周平は、タバコに火をつけなかった。くちびるに挟み、シニカルな笑みを浮かべる。佐和紀はじっと見つめ返した。

何もかも、どこもかしこもカッコよくて、うっとりと痺れる。

「そんな顔してると、またイチから始めるぞ」

冗談めかして笑う周平は本気だ。

「嫌だ」

笑い返し、佐和紀は火のついていないタバコを、周平の指から抜いた。

「なぁ、周平？　暁明って知ってる？」

「チャイニーズだな」

「星花の友達なんだけど、中華街で情報屋をやってるらしいよ。知ってるんだろ？」

「知らないな」

あっさりした返しに、佐和紀は眉根をひそめる。

「嘘つき」

膝の上から追及した。

「どうして、そう思うんだ」

「美人だから」

硬い声ではっきり言い返すと、周平が片頬だけで笑んだ。

「美人は間に合ってる」

「……今の話をしてるんじゃねぇんだよ」

「じゃあ、いつの話だ。俺の過去には不発弾しかないぞ」

「シンと繋がってるって言ってた」

「じゃあ、そっちに聞けよ」

「周平のことを？」

「違う。シンと情報屋たちの爛れた関係だ」

「……おまえに言われると嫌だろうな」

周平のくちびるをいたずらになぞっていた指が、適当なところで捕まった。

「星花も美人だけど、暁明も綺麗なんだ」

「星花には気をつけろよ」

「淫乱だから？　周平がそうしたの？」

「何でも俺のせいじゃない。あれは元からだ。試されたのは俺の方で……」

口ごもった周平は、苦い表情になる。つい言ってしまったのだろう。

「あいつにとって、一番大事なのは、性的快楽だ。金より命よりそれなんだ。だから、巻き込まれると厄介なことになる」

「おまえのことも怖くないってこと……？」

「どうだろうな」

ふっと漏れる笑みに、佐和紀はくちびるを尖らせた。

周平の手が、膝に寝転んだ佐和紀の頬を撫でる。毛並みのいい動物を撫でるように優しくされて、うっとりしそうになる佐和紀は表情を引き締め直した。それを見た周平は、また笑う。

「恐怖心よりも性欲が勝つ人間もいる。それが人の弱さだ。……それで、その情報屋は何をしに来た」

ついっと細めた周平の視線が鋭くなる。佐和紀は素直に答えた。

「探し物だって。『神龍の宝玉』とか言ってたよ。星花には忘れろって言われたから、さっきまで忘れてたんだけど。何のことだと思う？」

「忘れてろ。あんなものは厄介でしかない」

「知ってるんだ？」

「あれはな」

その続きを口にする前に、周平の携帯電話が鳴った。

佐和紀が膝から起き上がると、電話に出ながらベッドを離れていく。すっきりとした立ち姿の仕事モードに入っている。

言葉少なくうなずいていたが、「すぐに行く」と言って回線を切った。

「悪いな、佐和紀。仕事のトラブルだ」

ベッドの上で片あぐらを組んでいた佐和紀の頬にキスをして、

「一般のフロアなら遊んでいていいぞ」

頬骨を親指でそっとなぞった。

「おまえがいないと、つまんない」

本音がぽろりとこぼれ、佐和紀は顔をしかめる。

「かわいいこと言うなよ。また勃起する」

周平の指先でそっとあごの下を持ち上げられ、またキスが落ちる。優しくて、子どもだましで、だからこそ胸の奥に溶け込んでいくような甘さに、佐和紀は小さくぶるっと震えた。

「まだ夜は長い。終わったら、おまえに付き合うよ。どこででも、好きなだけ揺さぶってやる」

「……普通に遊ぼうよ」

視線が絡み、佐和紀は自分から立ち上がった。これ以上は欲情に火がつくだけだ。

「はいはい。行け、行け」

わざと乱暴に、ぐいぐいと周平の肩を押す。

「聞き分けないこと言って、ごめんな」

ドアの手前で小さく謝ると、壁へと追い込まれた。顔のそばに腕をついた周平に、胸で迫られる。

「そんなことで謝るな。おまえが何を言っても、俺は仕事をするし、後ろ髪を引かれてもおまえのせいじゃない」

「……うん」

だけど、こんなふうに密着すると離れられなくなりそうだと、佐和紀は心の中で訴えた。

それはあっさりと顔に出て、周平は満足そうに微笑む。

「気持ち良かったか、佐和紀」

「……うん」

「もう一回、俺に挿れられたいか」

「うん」

「一回だけか？」

周平のくちびるが頬を伝って、佐和紀のくちびるまでたどり着く。佐和紀は指先で周平のあごのラインをなぞった。

「……いっぱい、したい」

「思い出して、一人でするなよ」

佐和紀の膝を割って身を寄せた周平の下半身が触れる。かすかに硬いその感覚に、佐和紀は戸惑った。

手首を摑まれ、壁に押しつけられる。それから、ひとしきりくちびるを貪られた。

「……あっ、……はっ」

淡い快感が与えられ、佐和紀の腰が逃げる。

送り出したい理性と、留(とど)まって欲しい本心がせめぎ合う。最後にしっかりと抱き寄せられ、互いの股間がこすれた。

「おまえの中に出すための精液をたっぷり溜めてくるから待ってろ」

凜々しい顔をした周平は、野卑なことを平然と言う。

そのアンバランスに、佐和紀の身体の奥はぞくぞくと痺れ、シャワールームで掻き出されたそれを惜しいと思った。そんな感情がどれほど卑猥なのかは、教えられなくても知っている。

そっけないそぶりで周平を追い出し、佐和紀は部屋のソファーへ戻った。下半身へ伸ばしかけた手を止め、拳を握る。手の甲をくちびるに押し当てると、周平のキスが甦った。

目を閉じて、のけぞるように天井を見る。

聞く人のいなくなった愛の言葉を口にすると、心の奥が激しく乱れた。そのせつなさをじっと噛みしめ、佐和紀はうっすらとまぶたを開く。周平も同じように、心の奥で愛をささやいていているに違いない。

そう思える幸福に、しばらくは浸っていたかった。

部屋に響くチャイム音に起こされ、佐和紀はソファーの上から飛び起きた。うとうとしていたのは、十数分のことだ。

声は出さずにドアスコープを覗く。魚眼レンズ越しに見えたのは、佐和紀もよく知っている男だった。

「どうした？」

ドアを開けると、相手が固まる。

周平が出てくると思っていたのだろう。ブラックスーツで直立の体勢を取っていた能見は無言のままでまばたきを繰り返す。

「……岩下さんは？」

「野暮用」

「そっか……」

視線をそらし、わずかな思案を見せた後でにやりと笑った。

「そういうのもイケるんだな。どこのイケメンかと思った」

遠野組の用心棒である能見は、元格闘家だ。佐和紀のトレーニング仲間で、パーソナルトレーナーも兼ねてもらっている。そして、佐和紀を乱交サロンから救ったユウキの内縁の夫でもある。

「チャイナ、汚された」

佐和紀は軽口で答えた。

「そんなの着るからだ。汚してくれって言ってるような……、って、着てたのか。マジかよ、おい」

「想像するな。ユウキもかわいいの着てたじゃん。汚してないだろうな。……っていうか、まだ仕事してたのかよ。ユウキがまた拗ねてんじゃない？」

「いや、それが……。部屋にいなくて」

「一時間ぐらい前にはここを出ていったけどな。どっかで遊んでんじゃないの？」

「そっか……そうかもな。甲板かな」

「暇だから、一緒に行っていい？　周平からＶＩＰに入らなきゃいいって言われてるし」

ジャケットの内ポケットにカードキーが入っているのを確認して、部屋の外へ出た。

「……いいけど。見つけたら、別行動な」

一緒に歩き出した能見ははっきり言う。

「冷たいな」

「チャイナドレスを着てたら考えなくもなかった。イケメンは楽しくない」

というのはもちろん冗談だ。能見だって、かわいい嫁のミニ丈のチャイナドレスから伸びる、しなやかな足を、二人きりになって撫で回したいのだ。

「魅力ない？　おっかしいなぁ」

ふざけながら、佐和紀は自分のジャケットの襟を引っ張った。

チャイナドレスはともかく、和服を着ているときの清楚さが消え、ワイルドに掻き上げたオールバックと鋭い目元が、退廃的な色気を放つ美青年にしか見えない。

「ホント、化けるよな」

能見は、しみじみとした口調で言った。

＊＊＊

志賀とはぐれた暁明は、単独でターゲットを追っていた。

このチャンスを逃せば後がない。日本入国の知らせがあってからの二週間で、もう五、六回は取り逃がしているのだ。また振り出しに戻されるのはたまらなかった。相手が護衛を伴っていないことなどめったにない。

格闘は不得意な暁明だが持久力はある。相手は子どもの足だ。使用されていない客室のフロアでようやく追いついた。

腕を摑んで引き留めると、肩で切り揃えた髪を揺らし、ジンリーが振り向く。

白いシャツとサスペンダーで吊ったショートパンツ。

少年人形のような美貌が、迷惑そうに歪む。

『いい加減、観念しなさい』

両手でしっかりと手首を摑み、暁明は息を弾ませた。走るためにたくし上げていたチャイナドレスの裾がずり下がる。

『そっちこそ』

答えるジンリーの息も乱れていた。二人が話すのは中国語だ。

『どれだけの人間が迷惑しているか……』

『離して』

抵抗したジンリーが暁明の足を踏む。痛みに顔をしかめた暁明は手を振り上げた。

張り飛ばしてやろうとしたが、腕を誰かに摑まれている。護衛が来たのかと身構えたが、そうではなかった。

「穏やかなじゃないなぁ、暁明」

そこにいたのは、佐和紀だ。乗船時にはチャイナドレスを着ていたはずが、いつのまにかタキシードに着替えている。

オールバックのヘアスタイルが凜々しく見え、まるで別人だ。

ハッとした暁明は、腕を振り払って逃げようとしたジンリーを抱きついて引き止める。

「探し物を見つけたんだ。そっちこそ、どうしたの」

「……あぁ、そうなんだ。でも、叩くのはかわいそうだ」

そう言って、ジンリーの顔を覗き込む。人形のような美少年を目の当たりにして、佐和紀は驚くでもなく微笑んだ。

「俺も人探しをしているんだけど……。ミニ丈のチャイナドレスを着た美少年見なかった？　その子よりは大きいよ。目がクリクリッとして、小生意気そうな子猫」

「おい……」

佐和紀の隣に控えていたブラックスーツの男が低く唸る。

「なんだよ、能見。どこが悪かった？」

「小生意気じゃない」

「はいはい。とにかく、とびきりの美少年だ」

「ジンリー。さっきの中に……」

　暁明が顔を向けたのと同時に、腕の中のジンリーが動いた。暁明の手を摑んだかと思うと、がぶりと歯を立てる。

　驚いた暁明は声も出せなかった。それでも逃がすわけにはいかない。しかし、伸ばした腕は宙を掻き、機敏にしゃがんだ子どもは大人たちの足の間をすり抜けた。

『ジンリィッ！』

　叫びながら追いかけようとした暁明の手首を、佐和紀といたブラックスーツの男が摑んだ。佐和紀から能見と呼ばれていた男だ。嚙みつかれるよりも痛い力で引き留められる。

「俺が追いかける！」

　叫んだ佐和紀がジンリーを追いかけ、ロビーの方へ走っていく。

　暁明もすぐに追いたかったが、

「さっきの中ってどういうことだ。ユウキはどこにいる」

　苛立ちを隠そうとしない能見に追い込まれ、壁に背をぶつけた。

「答える、答えるから……。手が、痛いんだよ……っ」

ぎりぎりと骨がきしむような痛みは軽い拷問だ。

「頼む、から……離し……」

哀願の目を向けた瞬間、暁明の顔に影が差した。ハッと息を呑んで後ずさった踵が壁にぶつかる。

男の後ろに、見知らぬ男が現れた。目の細いチャイニーズだ。

声をあげる間もなく、暁明の腕を掴んだ能見がふらつく。チャイニーズが黒い塊で頭を殴ったからだ。そのまま昏倒（こんとう）するかと見えたが、振り向くなりチャイニーズの顔面に一撃を食らわせる。しかし、相手は一人じゃなかった。別のチャイニーズが、能見の首に腕をまわし、締め技をかける。

能見はさらに抵抗した。首に腕をまわされる瞬間、とっさに差し込んだ腕で締め技を回避する。相手に肘鉄を食らわして、続けざまに回し蹴りのハイキック。そして、距離を取る。

『撃つな！』

暁明が中国語で鋭く制止した。能見に顔面を殴られた男が鼻血を流しながら構えた黒い塊は銃だ。

その瞬間、もう一人の男の拳が能見に直撃し、暁明もろとも壁に激突した。とっさに暁明をかばった能見が膝から崩れ落ちる。

『ご同行願います』

チャイニーズの男が、暁明の腕を掴んだ。

言葉こそ丁寧だが、行動は乱暴だ。叫ぼうとした口の中へ布を押し込まれ、あっという間に担ぎ上げられた。

＊＊＊

暁明とはぐれた志賀は、腕時計に示された暁明の位置を追っていた。しばらく止まっていたので、ジンリーを確保したと思ったのだが、再び動き出している。立体構造になっているビルや船の中での位置確認は容易じゃない。階層を見失ってしまう。

再び逃げたジンリーを追いかけているのだろう。点滅の動きは速い。

その場で踵を返そうとした志賀は、廊下の端に転がる黒い塊に気づいた。

廊下の向こうに、誰かが倒れている。酔った客なら見捨ててもよかったが、ジンリーの護衛なら話が聞けるかも知れないと思った。

そばに近づくと、倒れているのが日本人の男だとわかる。やはり単なる酔客かと落胆したが、酒の匂いがしない。あたりに血のないことを素早く確認して、ぐったりと倒れている男の首筋に指を当てる。脈が取れた。

引き締まった頬を軽く叩いて声をかけると、まぶたがかすかに動く。

その顔に見覚えがあった。面の割れている暁明に代わり、ＶＩＰエリアへ偵察に入ったときに見た。チャイナマフィアと席を同じくしていた岩下の後ろに控えていた用心棒だ。

だが、その男がここに転がっている理由は推測できない。

「いってぇ……」

志賀が迷っているうちに、ブラックスーツを着た男が頭をさすりながら起き上がる。ぐらっと揺れた身体に手を貸し、壁にもたれさせた。

「暁明と一緒だったか。チャイナドレスの男だ」

「それも美人？　……この船は、チャイナ美人ばっかだな……。あぁ、いってぇ……。口の中、切った」

「いいから答えろ。それから……」

言いかけて言葉を切る。岩下の用心棒が答えた。

「そいつ、見たよ。あの男たちに連れていかれたかな。あんた、行先、わかるか」

ぐいっとジャケットを掴まれる。

「立ち上がるな。無理だ。頭をぶつけたんだろう」

「……俺の、嫁が……」

「嫁？」

「一緒に、連れていかれた、かも……」

顔をしかめながら立ち上がろうとしたが、男は腰を浮かせるのがやっとだ。腕もぶるぶると震え、額から汗が噴き出している。

「嫁なら問題ない。あいつらの目的は男だ」

「男なんだよ」

ゼイゼイと肩で息を繰り返し、男は額の汗を拭う。

「ヤバイぐらいかわいい男なんだ。なぁ、あんた。見つけたら逃がしてやってくれ。金ならいくらでも払う。俺は、遠野組って暴力団の……能見だ」

「もう、黙っていろ。人を呼んでやるから。しばらく横になってろ」

汗をだらだら流す能見の顔から血の気がなくなる。

「ユウキだ」

気を失う前に、能見ははっきりとした口調で言った。それが嫁の名前なのだろう。

「どうやったら、結婚なんて承諾させられるんだ」

にわかに湧き起こる理不尽さを奥歯ですりつぶし、志賀は立ち上がった。志賀と暁明も恋仲だが、それ以上になる話は出たこともない。

苛立ちを押し殺し、その場を離れながらパオズに連絡を取る。タキシードの内ポケットから取り出した小型インカムを耳につけた。

　現状を報告し、けが人の連絡を頼む。それから、暁明を追うと告げた。

　暁明を連れていったのがジンリーの護衛なら、二人はどこかで合流するはずだ。ジンリーが暁明を傷つけることはないと知っていても、人の心を操ると言われる存在と行動させるのは不安だった。

『ジンリーも追われるのに疲れてきたネ』

　パオズが言った。

「暁明はどうなる」

『一緒なら問題ないアル。今は発信機も動いてるネ。止まったら、危険アル。急ぐネ』

　走りながら、デッキへ出る。海を見下ろした。

　船体につけられたタグボートは新しい客を下ろしている真っ最中だ。志賀は取って返した。

　この船は両際にタグボートがつく。反対側へと急いだ。

＊＊＊

「どうして、追うの……。さっきの人の仲間なの?」

涙をいっぱいに溜めたあどけない瞳が、ウルウルと揺れる。

こぼれ落ちた雫は、陶器のように白い肌をするりと滑り落ちた。

「逃げるからだ」

答えた佐和紀は肩で息をする。デッキへ逃げようとしていた少年に追いつき、廊下の角に閉じ込めたところだ。扉はすぐそこにある。

「じゃあ、逃げない」

少年が弱々しい声で言う。息を切らした頬は上気して、つやつやと美しい黒髪が額に貼りついている。

「そうしてくれ……」

両手を壁についた佐和紀は視線を伏せた。深呼吸を繰り返してから言った。

「ユウキの……、ミニ丈のチャイナを着た若い男の行方を……、知ってるのか？」

「……お兄さん」

少年が、ふいに目をすがめた。小さな真珠のような涙がぽろぽろとこぼれ落ちる。泣いていることに気づいた佐和紀が視線を戻すと、少年も佐和紀を見ていた。

ガラス玉のように澄んだ大きな瞳と、甘い桃色の小さなくちびる。計算ずくで並べたような完璧さは、ユウキの愛らしさと比べても別格だ。佐和紀でさえ数秒間、目を奪われた。

ジンリーはまぶたを大きく見開き、自分の胸を両手で押さえる。深く息をすると、大きなリボンが上下に動いた。

「どうした？　胸が痛いのか」

丸みを帯びた頬が、ほんのりと赤い。

「熱があるんじゃないか。保護者は？」

佐和紀が問いながら伸ばした手は、額に触れるより先に掴まれる。ジンリーは甘えるように頬ずりをした。

「暁明は人身売買のブローカーなんだよ。知ってた？」

恐ろしいことをさらりと言って、佐和紀の手に指を絡める。

眉をひそめ、佐和紀は浅い息を吐いた。

暁明の素性については詳しく知らない。岡村が管理下に置いているらしいと聞いて安心していたが、付き合いの程度は聞きもしなかった。周平の口ぶりからして、星花よりは浅い関係だと思ったが、利害関係の構図はわからない。

「おまえ、盗んだのか？」

カマをかけるつもりで言うと、ジンリーはくちびるを引き結んだ。

怯えた目をして廊下の角へ後ずさる。

「彼の、大切にしなくちゃいけないもの……」

こわごわと答える声は消え入るように小さい。

人身売買と聞いた佐和紀が頭に思い浮かべたのは、少年少女だ。目の前の少年も商品なら一流品だろう。でも、しっくりこない。

暁明は、子どもを取引する人買いには思えなかった。少年とのやりとりも気心の知れた感じがしていた。

佐和紀が古巣の長屋の子どもたちにするような、家族ではないけれど、ただの知り合いでもない。微妙な距離感。

「それが暁明のものなら、返すべきだろ」

「違う。僕のものだ。親の形見だもの」

「形見……？」

少年が盗んだものが、暁明の探している『神龍の宝玉』なら話の辻褄は合う。手を上げようとしていたことも理解できる。

「そうだよ、あれは僕自身だもの」

佐和紀の手を握りしめるジンリーの肌は熱かった。そして、すがりつくように見上げてくる瞳は、しっとりと潤んでいる。まるで宝石のように美しいと思ったのと同時に、佐和紀は視線をずらした。見てはいけない気がする。

真っ暗な井戸を思い出し、足元からひやっと冷たくなった。長く見つめると引き込まれそうだ。

「僕がタグボートまで案内します。そこに探している人が乗っているかも知れない」

佐和紀の肩を摑んだジンリーが爪先立つ。

「暁明が黒幕なんだろう？　それなら、こっちで片がつく。一緒に来てもらうからな」

佐和紀は身を引いた。少年の言葉には乗るまいと、距離を取りながら腕を摑む。

まるで釈然としない。胸の内で、しきりと点滅を繰り返すのは、危険信号だ。少年からはトラブルの匂いしかしていない。

「早く、行かないとッ！」

ジンリーに腕を揺さぶられる。考えがまとまらず、苛立って向けた視線をまたそらす。なぜ、こんなに目を合わせたくないのかもわからない。

とにかく、何かがおかしかった。

暁明のところへ戻ろうとした佐和紀を拒んだジンリーがなおも腕を引いた。

「彼の仲間が誘拐することだってあります。今ならまだ間に合う。だからッ」

必死の声に急かされ、佐和紀はつんのめった。十歳かそこいらに見える少年は、大人の男の欲望を知っている。奪われる者と奪う者の、残酷な現実も。少年に同情を抱いた瞬間、佐和紀の脳裏に周平の顔がよぎる。

周平はいい亭主だ。自分のカゴから佐和紀を出しても、平然と振舞い、今日のようなトラブルが起こったことで足枷をつけることもしない。

だから、迷いはいつも足元に吹き溜まり、佐和紀を試す。良いのか、悪いのか。進むべきか。退くべきか。決断はいつも委ねられている。

「今なら間に合うよ！」

両手で腕を摑まれる。

ハッとした佐和紀は、少年の儚いほどの美しさに、ユウキを重ね合わせた。

佐和紀の貞操に危機があれば、周平が悲しむ。ユウキもそう思っている。貞操の蹂躙が残す精神的な傷を知っているからこそ、周平の幸せのために、今も献身的に振舞っている。佐和紀を守ることで、周平を守れるのならば、ユウキは身を投げ出す。

でもそれは、かつての『恋の先にある愛』じゃない。

ユウキにはもう能見がいる。だからこそ、うまく足抜けさせてくれた周平に恩義のようなものを感じているのだ。男娼のままでは得られなかったのが、能見との恋だと知っている。

「いいんですか。探しに行かなくて。……暁明の探しているものも、そのボートに置いてあるんです」

取りに行きたいのだとジンリーが目を潤ませた。『それ』を暁明に返したいと言う。

子どもの頼みを二つ返事で受けるほど、佐和紀もお人よしではなかった。けれど、ユウキがそこにいるのなら、たとえ可能性に過ぎないとしても放ってはおけない。

「早くしないと、後悔することになります」

すっきりとした子どもの声が、ことんと音を立てるように耳へ届いた。不思議と迷いが消える。それは、気味が悪いほどの爽快さだった。

まるで、覗き込んだ井戸へ落ちていく夢を見るような……。

「来てください」

ジンリーに手を引かれ、佐和紀は従う。デッキへ出た。

「あれだよ。あのボート」

ほっそりとした指が示すのは、船体の脇だ。ボートへ下りる階段が出ている。人がまばらに乗り込んでいくところだった。

そこに行方不明のユウキがまぎれているのかも知れない。佐和紀は気を抜くまいとくちびるを引き結ぶ。

「急いで」

そう言われて、外階段を駆け下りた。

甲板から聞こえてくる音楽が遠い。二階分下りた後はデッキをたどって、別の階段を使う。

「あと、もう少し」

振り向いたジンリーの背後で扉が開く。佐和紀はとっさに腕を引いた。飛び出してきたのはタキシード姿の男だ。

「その子を渡せば、すぐにでもパーティーに戻れるぞ」

背の高い男が広い肩をそびやかす。首が太い体格の良さでタキシードを着こなしている。

片足がさりげなく後ろへ引かれるのを見て、佐和紀は無意識のうちに身構えた。

「はい、そうですか。って、渡せるかよ」

デッキは両手を広げられないほど狭く、派手な蹴り技は出せない。それなら、拳だ。ぐっと握りしめたのと同時に、男が動いた。

迷いのない速さで踏み込まれ、繰り出された拳を払いながら後ずさろうとした佐和紀はその場に留まる。

背後にはジンリーがいるのだ。前に出るしかない。

顔に向かって容赦なく打ち出される拳を避け、ジンリーの細い身体を船体の壁に押しやった。

その上で、男の懐へ飛び込む。ジャケットの襟を握ったまではよかったが、手首を掴まれかけて攻撃のタイミングを逸する。胸を突き飛ばして逃げた。

さっぱりと短い髪の男が鋭い目つきになる。

「おまえ、どこの人間だ」

佐和紀をじっと見て言った。

「聞いてどうする」

「どの程度、痛めつけるかを考える」

「やめといた方がいい。特に顔はやめてくれ」

会話をしている間にも拳の応酬が始まった。街にいるチンピラが子どもに思えるほど、男の攻撃は本格的だ。格闘家の能見とも違う。佐和紀の動きも軍事格闘に近いと言われるが、同じレベルで動く人間には初めて会った。

肘で拳をかわされ、佐和紀は押され気味に後ずさる。

できれば足を使いたかったが、狭さがネックでとどめを刺せそうにない。

「どこで拾ってきた！」

男がジンリーに向かって叫ぶ。余裕があるように見えたが、そうでもないのだろう。

「くそっ」

ぎりっと奥歯を噛む。体勢を整えながら、佐和紀は片目を細めた。掻き上げた髪がはらりと乱れ落ちる。

「あんたこそ、どこの人間？　ヤクザの用心棒レベルじゃないな」

「そっちも顔に似合わない」

タキシードの男が二人、睨み合ったまま互いの突破口を探す。

そのときだった。階段から雄たけびが聞こえ、チャイニーズの男が階段を駆け下り、佐和紀と向かい合う男へと飛びかかった。次いで、二人の男が乱入する。

一人が中国語を話しながらジンリーへ近づく。残りの二人は素早く銃を構えた。

まさかと息を呑む佐和紀の腕を、ジンリーが摑んだ。急き立てられ、よろけるように走り出すと、わけもわからぬうちにタグボートへ乗せられた。

「いや、困るから！」

男を押しのけて乗船用の階段を摑んだが、中国語でまくし立てられ、身体が引き剝がされる。ボートはゆらゆらと揺れながら船を離れた。

「止めろ！　止めろって言ってんだろ。……戻せよっ！」

佐和紀はなおも男に詰め寄った。冷淡にあしらわれ、先にボートへ乗り込んだジンリーを目で探す。

船体の後方にあるメインデッキには、黒ずくめの男たちが数人いた。男たちが手にしているのは、銃やライフルだ。それぞれが周りを警戒している。

偽物だとは思えない。もしもそうだとしたら、とんでもない悪ふざけだ。

ふいに背中を押され、中国語で話しかけられる。身構えて睨み返すと、

「オチル。アブナイ」

今度は片言の日本語で言い直された。

「あ、ども……」

思わず会釈を返してしまい、和んでいる場合じゃないと表情を引き締め直した。乱れた前髪を手ぐしで掻き上げる。

そこへ、まくし立てる勢いの中国語が響いた。

驚いて振り向くと、ジンリーがキャビンの外壁に追い込まれていた。叱責する口調で詰め寄っているのは、チャイナドレスの男だ。物静かな印象だった暁明が、烈火のごとく怒鳴っていた。

だが、兄が弟を叱っているような二人だ。外見の優美さが絵になって、佐和紀はまた和んでしまう。そのとき暁明が振り向いた。

「佐和紀さん。おケガはありませんか」

デッキの上を器用に駆け寄ってくる。心配する表情に、清潔な美貌が際立つ。

「ないけど……、どうなってんだよ。船を戻してくれ。……周平が気づく前に」

佐和紀が周平と接触したことを悟った暁明の顔から表情が消える。その横からひょっこりと顔を出したのは、あどけない笑顔のジンリーだ。叱られたことも忘れた顔をして、

「岩下周平のパートナーって、あなたなんですね」

佐和紀の左手をぎゅっと握りしめた。

「うん？　知ってるのか……」

「僕を信じてくれないんですか？」

小首を傾げたジンリーから見つめられ、佐和紀は目を細めた。夜の闇に漂う船の上に、豪華客船のきらびやかなイルミネーションが降り注ぐ。ジンリーの瞳もキラキラと輝いた。

「美少年は、美人より危ない。暁明、ユウキって男が乗ってないか？」

手を引き抜いて視線をそらすと、ジンリーが拗ねたように頬を膨らませる。

二人の間に割り込もうと慌てた暁明の答えは聞けなかった。見張りの男たちが口々に怒鳴り始めたからだ。

「しゃがんで！」

叫んだ暁明が、ジンリーを引き寄せて身を伏せる。佐和紀も慌てて膝をついた。

船が大きく揺れたのと同時に、白い光がカッとまたたき、デッキを照らした。

「佐和紀さん！」

拡声器越しでも聞き覚えのある声に呼ばれ、手をかざしながら顔をあげる。こちらを照らしているライトが弱まった。

船が揺れたのは、タグボート同士がぶつかったからだ。向こうからぶつかってきたのだろう。ふたまわりほど小さい船のデッキから身を乗り出すようにしているのは岡村だ。

その隣には、恰幅（かっぷく）のいいチャイニーズの男が並んでいた。見るからに金満家な顔をしている。

だが、表情は焦りに歪み、中国語をわめき立てた。今にもボートから滑り落ちそうになっているのを、岡村が腕で制する。

船の警護をしていた男たちの騒然とした態度からして、グループの幹部らしい。

「役に立たないなぁ」

ジンリーがぼそりと言った。暁明の腕から這い出し、つまらなそうにくちびるを尖らせる。しかし、すぐに真顔へ戻った。

その視線をたどった佐和紀と暁明は、ほぼ同時に苦い表情になった。

向こうの船体に一人の男が姿を見せたからだ。

腰高に着こなしたタキシードが恐ろしいほどよく似合い、本職を忘れさせる。佐和紀の旦那で、大滝組若頭補佐の岩下周平は、ヤクザには見えない洗練された佇まいで、岡村から受け取った拡声器を構える。

「忘れ物だ！」

腹の底から出された声は、びりびりと空気を震わせた。たったそれだけの言葉で、二つのボートは静まり返る。幅の広い板が向こう側からかけられた。

「佐和紀！　戻ってこい！」

呼ばれた佐和紀はふらりと立ち上がった。ジャケットの裾を摑んだジンリーの手を、暁明が引き剝がす。

「戻ってください。僕は大丈夫ですから。ユウキという男も、こちらで確認します」

「本当だな」

後ろ髪を引かれたが、苛立ちを隠した周平の強制力は強い。暁明は真剣な顔で深くうなずいた。佐和紀とは別の意味で、周平の恐ろしさを知っているのだろう。

「じゃあ、先に戻ってる」

銃を手にした男たちを横目に見ながら、佐和紀は周平が待つボートへ向かった。

橋渡しの板はそれほど長くない。船体が揺れて不安定だったが、夜の海を恐れない佐和紀はホップステップジャンプの要領で大股に渡りきる。

するると、岡村が真っ青な顔で近づいてきた。

「渡ったのは俺だろう」

「手を貸すぐらいの暇をください」

「めんどくせぇもん」

一言で済ませて押しのける。

黙って待っていた周平へ近づくと、佐和紀の知らない部下に向かい、あご先で指示を出す。そんな周平は、腰のカマーバンドに親指を引っかけて立つ姿が様になり、チャイニーズマフィアよりもマフィアらしい。

一方、佐和紀に続いて板を渡る本物のマフィアはへっぴり腰だ。

「なに、あれ」

「俺の取引相手だ。悪く言うな」

そうは言いつつ、周平の声も笑っている。

向こうへ引き渡されているチャイニーズマフィアの幹部は、怖がってなかなかこちら側の人間の手を離そうとしない。

「仕事は、これで終わりだ」

周平の手が佐和紀のジャケットの下に潜り、腰へと指が這った。

抱き寄せただけで済まないのが佐和紀の亭主だ。

尻を撫で回されたかと思うと、ぎゅっと摑まれる。揉まれそうになって、佐和紀は身をよじった。

「やめろよ。まだ、見送りも済んでないだろ。っていうか、暁明も回収してくれ。それに、ユウキが……」

岡村を振り向くと、驚いたような視線が返る。

「向こうに乗っているんですか？」

「かも知れないって話だ」

「佐和紀さん。だいたい、どうして、あの船に乗ったんですか」

「それは」

説明しようとしたところで、向こうの船から声がかかる。

ジンリーだ。美しい少年はデッキの端に立ち、声を張り上げて、にこりと微笑んだ。

「忘れ物ですよ、お嫁さん！」

そう言って、愛らしい顔の真横に何かを掲げた。白い輝きがきらりと光ったように見え、佐和紀はハッと自分の左手薬指を摑んだ。いつもそこにあるはずのエンゲージリングがない。

ひやりとした感覚が背筋を滑り落ち、慌てて身を乗り出した。その腰を引き戻すのは周平だ。

「あんな指輪ぐらい、くれてやれ」

挑発に乗るなと言外に釘を刺され、佐和紀はくちびるを歪める。

「今日の稼ぎで新しいのを買ってやる」

「そういう問題じゃない！　あれがいいんだ！」

腰にまわった手を引き剝がし、佐和紀はその場で地団駄を踏む。

大きなダイヤのリングは、結婚した後で周平から贈られた指輪だ。婚姻から始まり、求婚を受け、二人は恋人になった。

失うには惜しい想い出のダイヤだ。あきらめがつかず、佐和紀は海風の向こうに立つジンリーを睨みつける。

その視界の端に、見覚えのある足がちらりとよぎった。

ミニ丈のチャイナドレス。触りたくなるような、ニーハイソックスの絶対領域。

「ユウキ……ッ！」

大声で叫んだが、ふらふらと出てきたユウキは気づきもしない。声は届く距離だが、様子がおかしかった。

衣服にも髪にも乱れはない。ただ足元がふらつき、船室の外壁へもたれかかる。

「佐和紀ッ」

周平が叫んだ。察知した岡村が慌てて板をはずさせる。

しかし、それで怯む佐和紀じゃない。いくらでも手の回しようはあると言いたげな周平を残して、身体が動いてしまう。

ボート同士が離れ始めたのを見て、居ても立ってもいられなかった。

「ユウキの純情は、買い直せない、んだよっ！」

ボートのフチを勢いよく蹴って飛び出す。

子どもの頃、漁船と漁船の間を飛んで遊んだ。その頃よりも足のリーチは長くなっている。

思う以上にあっさりと飛び移る。

その瞬間、男たちに囲まれ、両腕を拘束される。ダイヤをポケットに入れたジンリーが、後ずさりながら片手をあげた。

どこかで暁明が叫んだ。ボートが急速に発進して、爆音が響く。

何が起こったのかもわからず、佐和紀は男たちを振り払った。ユウキのもとへ転げるように近づき、船の急発進で飛んでいきそうになっていた身体を抱き寄せる。

肩がキャビンの壁にぶつかり、顔をあげた先に見えたのは、周平のボートに向かってマシンガンを撃ちまくる男たちだった。

6

「佐和紀！」

乗り出して叫んだ身体（からだ）を、岡村に引き戻される。

振り払おうとしたが、佐和紀を行かせただけでも失態だと思っている男はびくともしない。周平をかばったのは岡村だけではなかった。マシンガンの爆音が響く中、デッキにいた数人が駆けつけ、人垣になる。

反撃がないと知ると、銃声が止（や）む。ボート同士は急速に離れた。

「やりすぎだ……」

床へ伏せていた周平は起き上がり、片膝（かたひざ）を立てて眼鏡（めがね）を押し上げる。

取引相手のタグボートが予定よりも早く出ると連絡を受け、急いで送ってきた。周平もボートへ乗り込んだのは、能見からの報告があったからだ。行方のわからなくなった佐和紀とユウキが乗船している可能性を考えた。

当たって欲しくない勘ほど的中するものだ。

チャイニーズマフィアの中の誰（だれ）かに目をつけられたのだろう。誘拐するなんてとんでもないルール違反だが、今回の取引に『神龍の宝玉』が絡んでいると知っていれば不思議もない。

自分の取引相手が代理人であることに、周平は気づいていた。入金は済んでいるのだから、男娼を選びにきた男がどんな下っ端でもかまわなかったが、話はもうそんなレベルじゃない。

部下の一人が足をもつれさせながら飛んできて、客船まで戻るのがやっとだと岡村へ報告する。小耳に挟みながら、周平は一本だけ隠していたコイーバオリジナルを指に挟んだ。すかさず火を差し出してくる岡村は真顔だ。マシンガンを撃ち込まれたことへの動揺はなく、佐和紀を連れ去られたことにも言及しない。

だが、その瞳の奥は、周平と同じように燃えていた。

「こっちも、遊んでやるか」

海風にタバコをくゆらせ、周平は髪を掻き上げる。

怒りがふつふつと湧き出して揺らめき、デッキに控える男たちは震え上がった。

「『神龍の宝玉』か……」

煙を吐き出し、周平はタグボートが消え去った波間を目で追った。方向としては、千葉の方角だ。

佐和紀の無茶を咎めるつもりはない。あの男は、結婚した当日から、あぁいう性分だった。ひねくれた周平と違い、自分の感情に逆らわない。

ユウキに作った今夜の『貸し』を返しに行っただけのことだ。身体を張ってくれた相手には、同じように身体を張って返す。それが佐和紀の流儀なら、不本意でも認める。ありのままでいてくれと願ったのは周平の方だ。

奔放でいるための知恵と力を与えると決めたときから、たとえ満身創痍になって戻ったとしても、命を守ってきたことを手放しで褒めるのだと覚悟している。

狂犬にずっぽりと惚れた、年上夫の見栄だ。

しかし、のろのろとしか戻れないタグボートには苛立った。周平はデッキをせわしく足先で叩いてタバコを吸った。

＊＊＊

客船の中に戻った周平は、岡村の先導を必要とせず、さっさとＶＩＰの乱交サロンを目指した。後を追う岡村が歩きながら電話連絡を入れ、控えの部屋は軽いノックだけでおのずと開く。

「どうかされましたか」

タキシードを着たサロンマネージャーは驚きを隠せない。周平はまるで相手にせず、マジックミラー越しに、中の様子を眺めた。

「問題は何も起こっていません」

溢れて出ている怒りのオーラに圧倒されたマネージャーは、周平との会話を避けて岡村を振り向く。

ここでの『問題』は特殊だ。客が腹上死したとか、脳梗塞で倒れたとか、男娼がクスリのキマリすぎで泡を吹いたとか失神したとか。そういう部類のものだ。

「何が起こっても、あとで対処できるから心配するな」

岡村が周平に代わって答えた。

星花を探しに来たのだ。でも、なぜ今夜、星花がここに紛れているのかを岡村はまだ知らない。

周平がミラーの前から動いた。マネージャーをその場へ残し、岡村だけが付き添う。

一直線に奥へと進む。あちらこちらで絡み合っている客と男娼は、すでに正体もないほど行為に耽溺していて、周平と岡村のことも新しい客ぐらいにしか思っていない。

しなだれかかってくる男娼を突き放した岡村は、周平の腕を引こうとする他の男娼の手を振りほどいた。どんなにアロマを焚いても、濃厚な雄の匂いは消えていない。奥へ進むほどにひどくなる。

男の汗と精液の匂いだ。ベッドの上で複数の男がもつれていた。仰向けになった男の上で四つ這いになった星花は、後ろから挿入されている。男の性器を舐め、片手で別の男の性器をしごき、後ろから突かれるたびにくぐもった声を漏らす。

えげつない行為さえ見慣れたと思わせる男だ。

ベッドのそばに立った周平は、おもむろに星花のあごを掴んだ。

「うんっ……」

艶めかしいくちびるから、勃起した男の性器がずるんと抜ける。手で根元を支え、なおもしゃぶろうとした星花はしどけなく振り向いた。

行為に没頭した顔で誘いの文句を口にしようとしたが、そこにいるのが周平だとわかると夢から覚めた表情になる。岡村は後ろから突っ込んでいる男を押しのけた。いきなり相手を奪われた男たちは気色ばんだが、マネージャーがすかさず数人の男娼を押し込んでくる。

ベッドを下りた星花は全裸のまま歩き出した。身体にも髪にも精液がこびりつき、汗が全身をしっとりと濡らしている。

星花はサロンの最奥まで行くと、ついたての裏にあるドアをノックした。向こう側は緊急脱出用の控室だ。

「嫁なら助けたじゃないか」

星花がドアに鍵をかけると、ガウンを手にした双子が現れる。

「それには礼を言う」

怒りを抑えた周平の声は、地を這うように低い。

「褒美が欲しければシンに言え。それとは別に、おまえに聞きたいことがある」

相対する星花は怯えている。顔を歪め、自分の腕で身体を抱きしめた。その肩を双子の一人が支え、もう一人は前に出る。かばうためだ。

その顔を、周平は何の前触れもなく平手打ちにした。片手で頬をぐっと摑む。骨がきしみそうなほどの力だ。

「なに、を……っ」

星花が慌てて手首へ取りすがる。

「それはこっちの台詞だ。星花。おまえたちは、誰が欠けると一番不幸になるんだ。星花か、双子か？」

周平に睨まれ、星花は顔面蒼白になる。それでも、双子の片割れを守ろうと周平の手首を引いた。

「俺の嫁につけ込んで、どこで抱かれるつもりだった」

周平の追及に、そばで聞いていた岡村は息を呑む。周平の勢いに気圧された星花は、言い訳を取り繕う余裕もない。

双子の一人を手荒く解放した周平が、続けざまに星花の頬をぶつ。

「佐和紀の身体は、おまえの中に入るほど安くないぞ」

「……それは」

星花がふっと笑った瞬間、周平はもう一発ビンタした。

「シン。おまえが寝てる相手だ。佐和紀にも抱かせてやるか？」

振り向きもせず、周平が毒づく。岡村は直立の体勢で答えた。

「いえ。遊び相手にも向きません」

「こんな遊び、許すわけがないだろう。その挙句が青島幇（チンタオパン）の悪ふざけだ。おまえなら『神龍の宝玉』の行方を知ってるな？」

頬を引きつらせた星花はうつむき、視線をそらす。

「星花。こっちを向け」

周平の声に逆らえる人間はいない。

星花も黙って顔をあげる。

「明日の朝までに佐和紀を探し出せ。そうすれば、おまえの悪だくみはあいつに黙っておいてやる。俺の嫁はな、信頼を裏切られることに耐性がない。だから、保護者の俺を怒らせるな」

「もう二度とさせません」

控えていた双子の片割れが出てくる。周平は一瞥（いちべつ）した。

「うまく遊んでやって欲しいんだよ、星花。わかるだろう。あいつはおまえを『綺麗で淫乱だけど、シンと仲のいい男』だと思ってる。それ以上にも、それ以下にも、なるな」

じっと黙り込んだ星花は、やがてゆっくりとうなずいた。一瞬だけ溢れた恋情を押し隠し、今度こそ顔を背ける。

身体の欲望しか知らない男に、淡い恋情を教えたのは周平だ。その一点においては、誰よりも周平が悪い。あきらめられる程度の男だったなら、星花も道に迷ったりはしなかった。

「失礼します」

成り行きを見守っていた岡村は、かかってきた電話の応対を終え、周平に声をかける。

「タモツから連絡です。能見と合流したと言ってます」

周平の手が伸び、携帯電話がさっと取り上げられた。

「……タカシのバカも探し出せ。突っ込んでる最中でも引き剝がしてこい。おまえら全員、去勢するぞ」

言うだけ言って携帯電話を投げ返すと、再び星花へ向き直る。

「おまえもだ。その穴を縫いつけられたくなかったら、言われた通りにしてこい」

完全な八つ当たりだ。佐和紀をからかおうと船に誘ったのは星花だが、連れ去られたことは関係ない。

でも、岡村は口を閉ざした。意見して殴られることや、暴言が怖いわけではなかった

怒っているときの周平には正論しかない。その切っ先がどんなふうに人を斬るか、それを知っているから恐ろしいのだ。

タモツやタカシにまで叱責を飛ばすのは、今回の不手際を見せつけ、対処の方法を仕込むつもりでいるからだろう。

「シン。おまえはどうする。俺と来るか？」

唯一命令されなかった岡村は、すでに佐和紀の配下につくことが決まっている。自分から望んだ道だ。

「星花と一緒に行ってきます。今回の相手が中国マフィアなら、面通しをしておきたいので」

「星花。そういうことだ。青島幇の幹部を紹介してやれ。いなければ、『神龍の宝玉』でいいだろう」

気軽に言った周平は、悪い微笑みを浮かべ、くちびるの端を曲げた。

青島幇は上海に本拠地を置くチャイニーズマフィアだ。秘密に包まれた組織で、トップの幇主はおろか、幹部であり日本支部を仕切っている香主の名も知られていない。

中華街を根城にする情報屋として関係しているはずの星花は、震えるくちびるで息を吸い込んだ。

その立場を慮（おもんぱか）ることのない周平は眼鏡を指先で押し上げ、

「俺より後に来たら、ハマチのエサにするからな」

一人でドアを出ていく。

いったい、どこの誰がミンチになった挙句に魚のエサにされたのか。そんなことはありえないと言えないのが、岡村にはうすら寒い。

「……命は取られないとしても……」

星花がつぶやく。

「セックスできなくなったとしたら、生きていられない」

この期に及んでも色魔なことを言われ、笑うに笑えない岡村は天井を仰ぎ見た。


「お待たせ。何を着て行こうか」

手早くシャワーを浴びた星花が、バスローブをまとって姿を現す。

パーティーへ戻るかのような軽い口調だったが、岡村は咎めなかった。星花はいつもこの調子だ。

「ヘリが来るから」

岡村の言葉を聞いて、星花は双子へと視線を向けた。

「手配は？」

「済んでいます。暁明の発信機は生きていましたので、場所の特定はできました。幇会(パンフェ)の方へも連絡して、直接行くと伝えてあります」

「奥さまのドレスにも仕込んでおいたんだけどね」

双子が用意したシャツとスラックスに着替えた星花は、鏡を覗(のぞ)きながら肩をすくめる。

佐和紀のチャイナドレスは、すでに周平が脱がしてしまった。

「ねぇ、岡村さん。さっき、『それ以上にも、それ以下にも』って言われただろう、俺。あれって、要するに、佐和紀さんの都合のいい人間になれってこと？」

「たぶんな」

タバコを吸いながら、岡村は肩をすくめた。

「あの人、普通に誘いに乗ったけど？　もう少しでキスしそうだった。俺の足の間にぐいぐい膝を押し込んできて……男だったよ」

「そうか……」

灰皿でタバコを揉(も)み消し、脱いでいたジャケットを引き寄せる。

「嫉妬(しっと)した？」

からかうように覗き込んできた星花の首を引き寄せる。くちびるを重ね、強く吸いあげて離れた。

「相手にされて喜んでる場合じゃないぞ。代償を考えろ。ほどよく引いて、あの人を楽しませるだけでいいんだ」

「うっかり、入っちゃうかも知れないよ。俺のあそこ、ゆるいから」

「ゆるくはないから心配するな」

「代償って、何のこと？」

「たらし込まれるのは『こっち』ってことだ。あの人は絶対に挿(い)れない。……素股(すまた)ぐらいはあるかも知れないけど。それでも、命を捨てる覚悟をすることになる」

「岩下さんに消されるんじゃなくて？　それってすごい自信だ。そこまで魅力的な人かな？　……ねぇ、岡村さんも素股ぐらい頼んだら？」

星花の一言に、岡村がけつまずく。見ていた三人は揃(そろ)って驚いた。

「想像するだけで膝にくるの？　やーらしい」

「うるさい」

「終わったら、たっぷり抜いてあげます。俺たち三人で……ね」

「双子を付き合わせるなよ」

「あの二人は、あぁ見えて、岡村さんのことは好きです」

好きじゃないのは、周平のことだ。

「気力が残ってればな。それはそうと、『神龍の宝玉』って何のことだ」

髪を整える星花を待ちながら聞く。

「幇主よりも尊いとされている至宝ってやつです」

「水晶か、翡翠?」

「今日の取引に子どもが来ていたでしょう」

「いたな。あの子も何者だ。佐和紀さんの指輪を盗んでたし、暁明もユウキも同行させてた。佐和紀さんはユウキを助けに行ったんだ」

「それで岩下さんはあんなに怒ってたの?」

「こっちのボートを、ハチの巣にしたんだ。マシンガンで」

「あー……。それは怒るね。佐和紀さんはどこで目をつけられたんだろう。向こうは岩下さんのパートナーだとわかっていて連れていったんでしょう?」

準備を終えた星花が靴を履く。双子の一人は船で留守番だ。もう一人は岡村たちと一緒に陸へ戻る。どちらの役目も連絡係だ。

「俺にもさっぱりだ」

屋上にあるヘリポートへ向かいながら、会話が続く。

「暴漢に乱暴される心配はないけど……、もしものことは覚悟はしておいた方がいい」

エレベーターの中で星花が言う。

「かわいい顔してね、変態だから。ジンリーは」

た。

ヘリポートへ出てしばらく待っていると、一機のヘリが降りてきた。開いた扉から出てきたのは、ブリティッシュなスーツが似合う男だ。涼しげな顔を向けられ、岡村は身構えた。

「それは見ようによるかな」

「おまえよりもか」

支倉が応援に来るとは聞いていなかったが、冷静に考えればわかることだった。周平が一人で行動することはない。

「あの嫁がやらかしたそうだな。ヘリまで出して一大事だ」

神経質そうな目を細め、支倉はいつもの調子で刺してくる。

「……支倉さんの金じゃないでしょう」

「おまえの給料の出どころでもある。昇進した分、減額してやろうか」

「かまいませんが、俺の落ち度じゃありません」

「身持ちの悪い嫁が悪いんだろう。誰かの手がつけば、岩下さんのご執心も弱まるんじゃないか」

「火に油を注ぐようなこと言わないでください」

今の状況では、冗談にもならない。

「まぁ、せいぜい頑張ってお迎えに行ってこい。ご褒美の抱擁ぐらいはできるだろう」

「楽しみに行ってきます」

慇懃無礼な一礼を交わし合い、岡村は星花の腕を引いた。支倉は船への出入り口で立ち止まる。ヘリの出発を確認するつもりなのだ。

「慰めようか」

後部座席につくと、星花が笑いながらしなだれかかってきた。

ドアが閉まり、ヘリが宙に浮き上がる。

「あの男をどうにかしてくれ」

眉をひそめて訴えると、星花は華麗な微笑みを浮かべて言った。

「レイプしてもいいなら、するけど」

「……冗談にならないことを言うな」

ヘリが飛んでしばらくしてから、岡村はつぶやいた。

「佐和紀さんは……」

プロペラの音に紛れたと思ったが、隣に座った星花は肩をすくめる。

「あの人は悪運が強そうだ。俺にも食われなかったしね」

星花は窓の外へ目を向けた。眼下に広がるのは海だ。そして、房総半島が見えてくる。

「おまえも、ただの情報屋じゃないんだな」

岡村は鬱々とした声で言った。まだ知らないことはたくさんある。管理を任されても、引き継ぎマニュアルがあるわけじゃないのだ。

「淫乱な情報屋です」

けたたましいプロペラの音に負けないように星花が答える。

言葉のまま信じる気にはなれない岡村だった。

＊＊＊

周平は真顔で視線を伏せた。腕に巻いた時計を見る。

時刻はすでに深夜だ。日付が変わるまで、あと一時間。

佐和紀が連れ去られてからは、一時間半ほどの時間が経過している。今回の相手が、タグボートの上で服を剝ぐような即物的な男たちじゃないことだけが救いだ。

それでも、時間が過ぎるごとに佐和紀の安全は保障されなくなる。

苛立ちと不安が入り混じり、目の前で引き離されたことへの怒りは収まらなかった。

動き続ける機関部の音に耳が慣れ始める。周りはどこを見ても機械だらけだ。タンクがあり、ボックスがあり、大小さまざまな管が張り巡らされている。そして、細いフェンスとステップ。

ボイラーの陰に人の気配を感じ、周平はうつむいたままで踵を鳴らした。向こうからも三回返ってくる。

「こんな形で会うとはな。おまえのオトコは何者だ」

声をかけながら顔を向けると、一人の男が姿を見せた。

身長は周平と同じぐらいに高く、固太りの体型でタキシードを着こなしている。髪を短く切り揃え、精悍な目つきをしていた。現場に出る男の顔だ。

答えないのを睨みつけ、周平は大股に近づいた。

黒いふちの眼鏡はいつにもまして冴えた印象を持ち、怜悧を通り越して冷酷でさえあった。生まれながらに帝王学を身につけているような周平も、このハッタリを一朝一夕で手にしたわけではなかった。苦悩と苦労の積み重ねが、男を磨く。

その具現を前に、短髪の男・志賀は言葉を探していた。

話さなければならない。だが、すべてを話すこともできない。

志賀が恋人としている暁明は中華街の情報屋だ。しかし、本当の正体は中国マフィア『青島幇』の日本幹部だ。

「おまえのその気持ちと、俺の佐和紀への想い。どっちが重いと思う」

志賀の頬を軽く曲げた手の節でなぞるようにし、周平は答えにくい質問を投げた。目を細め、相手を試す。

「暁明はお二人の関係を知っています」

「それが佐和紀の命の保障になるのか」

「いくらなんでも、殺したりは……」

「キスのひとつでもされていたら、キレるぞ」

周平にじっくりと目の奥を覗き込まれ、志賀は冷静を装いながら唾液を飲み下す。

「それぐらいは、目をつぶってください」

蛇に睨まれたカエルどころではなかった。もうすでに身体は締め上げられ、息をすることさえままならない。

同じ組織の協力員だが、面識と言えるほどの付き合いはない。情報の交換のために道ですれ違ったり、落とし物を拾った振りでメモを渡したり、その程度の接触をしただけだ。

眼鏡を指先で押し上げた周平はニヒルに笑った。

「おまえは平気なのか。なんなら、うちのをけしかけて、星花と同じ扱いにしてやってもいいんだぞ。あの美形だ。仕込み直せば、おまえもいっそう楽しめる」

「……素人っぽいのがいいんですよ」

「素人のままでいさせてやりたいなら、しっかり働けよ。この先は、俺が雇い主だ。報酬は別に出す。向こうには、星花と岡村を先に行かせてある」

「星花がいるなら」

大丈夫だろうと答えかけた志賀は黙った。周平の視線が鋭く突き刺さる。

「別の意味で危険だろう。岡村もな……。あの二人が『神龍の宝玉』に対抗できるか？」

「何を、知っているんですか」

「おまえこそ、恋人に手を貸す振りで、何を探ってる？　あんまり俺の周りを嗅ぎ回るなよ」

「目的は別ですよ」

「どうだかな。……あの二人に時間を稼がせるから、乗り込んでくれ。何人、必要だ。どうせだから、制圧してやるか」

「俺一人で行かせてください」

周平の言葉を志賀は真面目に受け止める。限りなく本気に思えた。嫁一人のために、一個小隊を編成してもおかしくないのが、岩下周平という男だ。

「失敗したら、おまえのオトコも公安の監視対象になるぞ。忘れるなよ」

ダメ押しをされた志賀の表情が引きつる。周平の手駒として淫売に仕込まれるのも恐ろしければ、互いが関わっている組織の監視下に置かれるのも痛手だろう。暁明の正体が公安に知られたら、志賀との仲は続けられない。

周平や能見のように、恋人を『嫁』だと豪語できる男にかすかな羨望を抱き、志賀はくちびるを引き結んだ。

周平が時計の針を確かめる。志賀も時計を見た。時刻のずれがないか、周平の時計を基準にして合わせ直す。

「ボートを用意させるから乗っていけ。指示は受けているな?」

周平から問われ、志賀が踵を揃える。小さく敬礼した。

「俺は鬼軍曹じゃない。頼んだぞ」

乾いた笑いを浮かべて去る周平を見送り、残された志賀は自衛隊仕込みの敬礼を決める。

「総帥閣下。おまかせください」

悪の、と小声でつけ加える。周平の威圧的な存在感は『鬼軍曹』なんて低いランクじゃない。階段をのぼっていた周平が足を止めた。

「遊びじゃないからな」

言われた志賀は飛び上がらんばかりに背筋を伸ばした。周平は笑いを噛み殺して機関室を出る。

人生に起こる出来事のほとんどは、遊びの延長線上だ。そう考える周平の態度を嫌がる男が外で待っていた。

スーツをかっちりと着込み、秘書らしく振舞う支倉千穂だ。

人の悪い笑みを浮かべている周平を見て、眉根を曇らせた。

「お怒りだと聞いていましたが」

「怒っている」

「本当ですか。また、おもしろがっておいでのようですが」

「おもしろくもある。……タカシとタモツは合流したか」

「連絡はありましたので、指示は伝えました」

今回の事件はチャイニーズマフィアの深い場所に関わりすぎている。三井と石垣は現場から遠ざけておく必要があるので、『青島幇』の末端組織を締め上げるための手配を命じた。

客船の一室に閉じこもっての連絡作業になるから、身の安全は保障される。これが最善策だ。

「能見は？」

「病院へ連れていくため、ボートで陸に向かわせていたんですが……」

歩き出した周平の後を追いながら、支倉が答える。

「ユウキの行方を知って、病院での検査は必要ないと言い出しました。どうしますか。頭をかなり強く打ったようですから、先に病院へ」

「ケガの具合はどうなんだ。頭を殴られたんだろう」

「出血はしていないようです」

「そうか。その方が厄介だな。……でも、嫁を迎えに行って死ぬのも悪くはない。人手も必要だ。志賀と合流させてやれ」

「本気ですか？」

「能見が死んだら、おまえに迷惑がかかるか？」

肩越しに視線を送られ、納得していない様子の支倉が周平を見つめ返す。

「私は困りませんが」

「誰が困るんだ」

「……ご新造さんです」

おおげさに顔を歪めて口にしたのは、佐和紀の異名だ。大滝組の家政婦が使い始め、今では組内に広まっている。

上司が男と結婚した事実を受け入れたくない支倉は、佐和紀のことも否定的に見ている。しかし、周平に与える影響については看過できず、こうして気を回す。

「能見も、佐和紀のツレだからな……。志賀なら、能見が死にかけても対処できるだろう。最悪は志賀にかぶらせればいい」

志賀は佐和紀と面識がない。万が一の恨みを押しつけるにはうってつけだ。

しかし、支倉の表情は曇る。ちらりと視線を送り、周平は興味薄く鼻で笑った。

「俺たちは何で移動するんだ」

この話は終わったとばかりに声をかける。

「ボートで戻った後、岡村たちを降ろしたヘリへ乗ります」

「場所はわかってるんだな」

「はい。岡村から連絡が入りました。一番乗りは彼らになるでしょう。前後して、志賀が入ります。岩下さんはどうぞ、すべてが終わられてから……」

「悠長だな」

長い足で颯爽と歩きながら、周平はくちびるの端を曲げる。

階段を上がり、無人の通路を抜けてロビーへ向かう。

「お耳に入れておきたいことがあるのですが」

VIP用のエレベーターを呼び寄せた支倉が、到着した扉を押さえながら言う。先客がすべて吐き出され、上へ行くのは周平と支倉だけだ。扉が閉まり、エレベーターが動き出す。

「星花からの申し出がありましたので、中華街で男を一人ピックアップします。『神龍の宝玉』には、その男が効くとのことです」

「さっさとその男を派遣しないから、こういうことになるんじゃないのか」

「ご新造さんに白羽の矢が立ったというのは、本当ですか。せっかくですから、高値で売りつけて恩をお売りになれば……」

「言うと、思った。あの噂は冗談だろう」

「どれですか？」

支倉はしらっとした態度だ。上司にも手持ちの札をはっきりとは見せない。周平はあきれた顔で肩をすくめた。

「おまえも、一回ぐらいはハメてやればよかった。そんな態度が取れないようにな」

「舎弟には手を出さない主義でしょう」

さらりと言い返される。

「男に欲情する趣味はない。仕事でもない限り、勃つものも勃たない。……俺が嫌いか、千穂。あぁ、『ちぃ』って呼んだ方がいいのか」

支倉にそっけなくあしらわれる佐和紀が、愛情を持って使っている呼び名だ。人から向けられる欲望に疎い嫁だが、敵意にもおおらかで、自分が好ましいと思えばすぐにでも懐いてしまう。

「や、め、て、ください！」

ぎりっと睨まれ、周平はわざと昔のようにへらへら笑った。

「悪ふざけが過ぎますよ。もう少し、深刻になったらいかがですか」

「そんな感情はもうとっくに過ぎた。怒り狂ってすべてを焼き払っても俺はいい。だけど、その後で佐和紀に叱られるのはゴメンだな」

「まったく、あなたという人は……。相手はあの『宝玉』です」

「そうだな。……佐和紀が俺を忘れると思うか」

問いかけに、支倉が視線をそらす。エレベーターの壁から背を離した周平は、降りる前に支倉の肩を引いた。

「噂は本当なんだな」

「あなたの握っている情報ならば、万が一にも嘘などないでしょう」

欺いたときの恐ろしさは周知の事実だ。それは、志賀を雇っている組織の本構成員でさえ震え上がる。

「もしものときは、俺があのガキを撃ち殺すぞ」

「縁起でもない。宝玉を砕けば、いくら秘密組織といえど黙っていませんよ」

「俺だって、佐和紀に手を出されて黙っていられるか」

「お好きなようになさってください」

そぶりだけはあきれた振りを装い、エレベーターの止まったフロアで支倉は携帯電話を取り出した。周平が黒だと言えば、白いものでも黒く塗り替える男だ。嫁が負わされた傷への報復がチャイニーズマフィアの壊滅なら、それもまた周平らしいと思うのだろう。

未来を切り開く力を持つと言われる『青島幇の至宝』は脅威だ。

絶大な風水効果に加え、記憶操作の術を使う。つまり別人格を形成させる、高度な催眠術だ。

「お待たせしました。行きましょう」

電話を終えた支倉が一礼すると、周平は遠くを見る目でうなずいた。佐和紀のことを考えているのが一目瞭然の表情だ。

支倉が知っている、どの周平よりも凛々しく、他の誰かが知っている周平よりも数段に醒めている。

怒っているのだと、支倉は実感した。

それでも周平はこらえている。翳りのある苦悩が、周平をいっそう色気のある男に見せていた。

7

横たわるユウキの身体へ、佐和紀は自分のタキシードを着せかけた。ソファーのそばにしゃがんで、浅い呼吸を繰り返している顔を覗き込む。ユウキの頬は赤く火照っている。

佐和紀の隣へ、チャイナドレスの暁明が膝をついた。

「軽い弛緩剤の一種に、興奮剤が入っているのかも知れません」

男娼と間違われてサロンへ連れていかれた佐和紀もクスリを打たれた。それと同じものかも知れない。佐和紀は媚薬の類が効きにくいから手足が弛緩しただけだったが、ユウキには興奮作用も効いている。

「ここの誰かが目をつけ、拉致したのだと思います。クスリの量や種類が違うのかも知れなかった。

「暁明が謝ることじゃないだろう」

すみません。これは失態です」

ユウキは人身売買で取引された男娼たちに紛れていたのだ。

買われた男娼たちはタグボートに乗せられたまま、どこかへ連れていかれた。クスリを仕込まれていたのはユウキだけで、他の男たちはみんな、旅に出るような格好で手荷物を持っていた。

「同胞のしたことですから……。犯人は必ず突き止め、処罰するように伝えます」

「うん。そうして。……ユウキはかわいいからな。しかたない。周平だって大事に使ってたんだ」

その一言に、暁明はごくりと喉を鳴らした。

「俺の旦那が怖いの？」

笑いながら聞いた佐和紀の問いに、暁明が苦笑する。

答える前に、部屋の扉が開いた。現れたのは、深緑色のローブを着たジンリーだ。ヘチマ襟の胸元には白いシャツが見えている。

部屋の隅に立っている見張りの男たちが背筋を正す。その腕に抱えているのはライフルだ。佐和紀たちが逃げ出せない理由だった。

ボートから車に移され、三十分ほど走った山の中に、豪邸はひっそりと建っていた。周りをぐるりと塀で囲まれ、手入れされていない庭は雑木林に戻りつつある。

建物は二階建てで、豪華な造りの洋風建築だ。佐和紀たちのいる部屋には大きな応接セットが置かれている。掃除も行き届いていた。

「用意ができたから、君はおいで」

あっという間に近づいてきたジンリーが佐和紀の腕を引く。

その手を暁明が掴んだ。

「聞いていなかったのか。この人は岩下周平の妻だ。手を出さない方がいい」

腕を払われたジンリーは腰をかがめたまま、静かに微笑んだ。

「『出さない方がいい』。それは、出すな、とは違うよね？　もし、そうだとしても、そんなことはぼくの知ったことではないね。同じものを気に入っただけだ。次のペットは、よく動けるヤツがいいと思ってた」

佐和紀を覗き込んだジンリーは、佐和紀のあご下に触れた。まるで猫を撫でるかのようにそっと喉元をくすぐる。

「こんなに毛並みが良くって、役立ちそうな子は滅多にいない」

目を細めたジンリーの口調も表情も、船にいるときとはまるで違う。大人びているというよりもいっそ大人そのものだ。

「俺の指輪を返してくれ」

佐和紀が言うと、

「いいよ」

ジンリーはあっさりとうなずく。

「ぼくの寝室にある。一緒に来てくれるなら、返してあげよう」

「佐和紀さん。ダメです」

「暁明」

ジンリーがたしなめるように名を呼んだ。

「何を話すつもりだろうか？　おまえは頭がいいのに」

そう言われ、暁明がうつむく。二人を見比べた佐和紀は、ジンリーに向かって言った。

「ユウキと暁明を解放してくれ。暁明、ユウキのことを頼む」

「佐和紀さん……っ」

暁明が大きく肩を震わせた。佐和紀はジンリーの答えを待つ。

「いいだろう」

ジンリーが息を吐き出すように言った。

「その子は目をつけられているようだし、このままでは貞操の安全は約束できない。君が気にかけるぐらいだ。大事にされているんだろう。暁明、連れて出ておやり。敷地の外へ出られたなら、こちらは追手をかけない」

「車を出してください」

暁明が言い返した。客船のやりとりでは兄弟にも見えた二人だったが、力関係は拮抗している。

「そこまでは、できないな。おまえに見つかったせいで、人員の半分近くを船に残してきた。回収にはまだしばらく時間がかかる。それまで待っていられるならいいが、その子の身の安全は保障しないよ。それは、おまえも一緒だ、暁明。今ここにいる男たちは、おまえを知らない」

さぁ、どうすると視線を向けられ、暁明はくちびるを噛む。だが、その直後には意を決して佐和紀を見た。

「この人はわたしに任せてください」

油断するなと言いたげに見つめられ、

「頼む」

と短く答えた佐和紀は立ち上がった。

「ジンリー。暁明たちに人をつけてくれ。できないなら、俺が門まで……」

「そう甘くはないよ、佐和紀。僕と暁明はここのところずっと追いかけっこをしていたんだ。いわば敵対関係にあった。その相手に差し出す手はない。いくらも邪魔をされたしね」

「……わかった。条件はこれでいい」

これ以上はゴネ損になると悟り、佐和紀はそこで交渉をやめた。あとは暁明の運に任せるしかない。

「佐和紀さん。ジンリーの外見に騙(だま)されないで」

暁明が立ち上がる。不安を見せまいと強がっていても、その瞳は頼りない。元からそういう顔立ちなのだが、状況がいっそう憂いを強く見せる。

「なるようにしかならない」

そう答えた佐和紀の胸には、いつでも周平の面影がある。

『最後は必ず逆転勝利にしてやる』と約束してくれた連れ合いの、自分だけに向けられる優しい笑顔は、お守りのようなものだ。思い出しながら、自分の選ぶどんな道にも間違いはないと繰り返せば、心は芯から凪いでいく。

佐和紀は、ぎゅっと拳を握る。力が湧いてくるのを全身で感じ、どんな危機にも屈することなく逆転を信じる。それはつまり、周平が信じている自分自身のことを、同じように信頼するということだった。

＊＊＊

志賀を房総半島近くまで送り届けたジェットクルーザーは、すぐさま船へと戻っていく。海の中に降ろされた志賀は、肌着のまま五百メートルほどを泳ぎきり、薄闇に紛れたテトラポッドを這いのぼった。頭部にくくりつけた防水袋をはずし、一息つく。

ここから泳いでいけと言われ、精密機器をどうするかと悩むよりも先に防水袋を渡された。そういう気遣いが周平の部下らしい。いっそ、濡れずに済む場所を選んでくれと思ったが、苦慮の末の決断だろう。

沖に向かって目をすがめたが、クルーザーはすでに見えなくなっている。この海のすぐ先で、酒池肉林の宴が行われていることを沿岸部に住む住民は誰も知らない。それは幸せなことだ。

頭を振ると、毛先の水が跳ねた。テトラポッドを渡って防波堤まで行き着く。離れた場所に一台のＳＵＶ車が停まっていた。ライトを消しているが、街灯の明かりで男が見える。しばらく待つと、男が手にしたライトをカチカチと点滅させた。伝えられた合図通りだ。泳ぐために肌着だけになっていた志賀は、防波堤から飛び降りる。

近づくと、車のそばに立っている男の顔に見覚えがあった。すぐに思い出す。地味なウィンドブレーカーとスエットパンツが行楽客のようだが、船内で倒れていた男に違いない。そのときはタキシード姿だった。

「病院には行ったのか？」

声をかけた志賀を見るなり、向こうも驚いた顔になる。

「あんたかよ。俺は能見っていうんだ。必要なものは全部積んであるって話だから」

「志賀だ。着替えるから待ってくれ」

がっちりと握手を交わし、志賀は車の後ろへ回った。釣り道具が二人分乗せられていたが、ブルーシートの下に隠しスペースがある。釣り道具のバケツの中に入っていた懐中電灯で照らしながら、荷物を探った。

「あんた、味方だったんだな」

車の陰からひょいと覗いてくる男の能天気さに、志賀は眉をひそめた。

「今夜はな」

とだけ答える。能見はわかったような顔でうなずくと、タバコに火をつけて背を向けた。

とりあえず全裸になった志賀は、髪と身体をタオルで拭く。それから、防水袋の中身をチェックした。

タキシード一式。携帯電話と、インカム。発信機の電波を拾う受信機の時計。それから、小型のハンドガン。弾数を確認してシートの下に隠す。突然の職務質問を警戒してのことだ。車にもたれた能見は、さりげなく周りを警戒している。

「慣れてるのか」

着替えながら声をかけると、煙を吐きながら笑い出す。

「冗談じゃねぇよ。俺は人殴るのだけが専門だ」

「飛び道具は使いようによっては便利だ。ハッタリにもなるしな。使ったことは？」

「触ったこともない」

「最近のヤクザはそうなのかもな」

隠しスペースの中には、能見用のハンドガンも用意されていた。それも知らないのだろう。志賀に用意された着替えはストレッチの効いたミリタリーパンツと黒い長袖のカットソー。海釣り用のベストは防弾仕様だ。薄い板が仕込んである。

「こっちはおまえ用だ。下に着ておけ」

厚手のベストを能見に押しつける。

「何これ？　防弾チョッキ？　マジかよ」

浮かれたように言いながら、ウィンドブレーカーを脱ぐ。志賀と同じ黒いカットソーに包まれた身体は、無駄なく鍛えられていた。筋骨隆々とした体格よりは実践向きで、人を殴る専門だと言ったのも嘘ではないと思える。

「車は運転したことあるんだろうな？」

すべての確認を終え、ハンドガンを装備した志賀はハッチを閉めた。

「ここまで自力で来たっつーの」

ウィンドブレーカーの前を閉じた能見は、車のキーを回してみせた。

「ここから三十分ぐらいだ」

と言った能見の運転は、想像以上にスムーズで細い道も難なく走る。志賀が口に出して褒めると、

「嫁がなぁ……、乱暴にすると怒るんだよ」

あからさまにヤニ下がりながら角を曲がる。

「……それ、さっきも言ってたよな。相手は男なんだろう」

「内縁ってやつだ。でも結婚式もあげたし、岩下さんとこにも公認だし。ユウキって名前なんだけどな、俺の嫁だ。向こうもそう思ってる」

「公認って」

「仲人ってやつかなぁ。結婚式にも出てもらったし。まぁ、身内だけの小さいヤツだけどさー。ユウキも白いタキシードで、頭にベールなんかつけてさぁ。笑えるかと思ってたけど、泣きそうで大変だった」

「……頭、大丈夫か」

ドアにもたれた志賀は、げんなりと答える。岩下直接の依頼で動いて、こんなノロケを聞かされるとは思わなかった。

「幸せボケしてるかもなー」

チラリと向けた視線の先で、能見は笑っていなかった。

彼が愛する嫁は、囚われの身だ。もしかするともう、取り返しのつかないことになっているのかも知れない。

彼が不安を微塵も感じさせないのは、強がりを続けているからに他ならず、かけてやれる言葉はなかった。間に合うだろうという気休めも、傷を深くするだけだ。

「俺の知り合いが一緒にいるはずだ」

志賀の言葉に、信号待ちで停まった能見が振り向く。

「それって、あんたの恋人？ 美人？」

「能天気だな、おまえ」

「脳みそ筋肉ってよく言われる」

けらけらっと笑い、能見は「どうなんだよ」と話を元に戻す。能天気すぎて警戒心も薄まり、隠す気にはならなかった。

「美人だよ。とびきりの」

「岩下さんの奥さんより？」

「……種類が違う」

「あ、それ、上手い切り返しだな。俺もそう言おう。今度から」

「今までは、なんて答えてたんだ」

「あっちは『綺麗』で、ユウキは『かわいい』。でも、やっぱり、ユウキも綺麗なんだよ。最近は特に……」

「信号、青だぞ。目的地に向かってんだろうな」

からかいながら、志賀は前方を指差した。

＊＊＊

ジンリーに手を引かれた佐和紀が連れてこられたのは、飾り窓のある広い寝室だった。古めかしい天蓋付きのベッドはキングサイズで、薄いレースが柱に手繰り寄せられている。

使えるのかもわからない暖炉は、まだ季節に早い。火はもちろん入っていなかった。そばで暖を取れるように据えられたカウチチェアは飴色に磨き上げられ、ピンと張られたベルベットが高級そのものだ。

佐和紀はそれに指先で触れる。ユウキと暁明のことを考えていた。どうにかして、二人に追いつかなければいけない。身体の華奢な暁明では、ユウキを背負って逃げることはできないだろう。

さっきの部屋ではマシンガンを抱えた護衛がいたからあきらめたが、寝室の中まではついてこなかった。ドアの外で待機している。部屋には飾り窓の他に大きな窓が二つ。ひとつはテラスへ出るためのガラス戸だ。そこからなら、外へ出られるようだった。

「……逃げようと思ってるの？」

近づいてきたジンリーが、佐和紀の腕にしがみついた。あどけない表情で見上げられる。見た目は子どもなのに、見つめてくる視線に違和感がある。どろりとしているような、ぬめぬめとしているような、とにかく気味の悪い感覚だ。相手が人形のように綺麗な少年でなかったら、気持ちの悪さに耐えかね、もうすでに殴っていてもおかしくない。

ふつふつと湧き起こる暴力衝動をこらえ、佐和紀は目を背けた。

「俺をどうするつもりだ。子どものくせに」

「うん……。そうなんだよね。身体はちっとも成長しなくて……。これでも二十歳は超えているんだけどね」

「は？」

驚いた佐和紀は、まじまじとジンリーを見る。

「嘘つけ」

「そう言われると証明する手立てもないんだけど」

ふっと笑った顔に憂いが差し、どこか妖艶に歪む。

「精通はあるから安心して、驚くようなビッグサイズじゃないけど、テクニックには自信がある」

「何を言ってんだ。俺は子どもをどうこうする趣味は……」

肘を這い上がる手を払いのけ、佐和紀は一歩前へ進み出た。ここで後ずさるのは癪に障る。

「されるんだよ」

「あぁ？」

「君はすごくいびつでいい。綺麗な顔なのに粗雑なのがアンバランスで……。綺麗なだけの器には、もう飽きたんだ。すぐに壊れてしまうしね」

「どんな扱いしてんだよ」

舌打ちした佐和紀の頬にジンリーの手が伸びる。精一杯の爪先立ちだ。成長途中の指先で触れられた。

「ねぇ、佐和紀。岡村という男が惚れているのは、おまえだろう」

「岡村を知ってるのか」

「そんな怖い顔をしなくても……。指の一本も触れていないよ。好みじゃない」

ジンリーはおかしそうに笑って、肩を揺する。

「あの男の頭の中は恋心でいっぱいだった。しかも、岩下と同じ相手だなんて。怖いもの知らずだ」

「周平の怖さを知ってるなら、俺に手を出すな」

「あんな程度の男は怖くもなんともない。……痛いっ」

ジンリーが飛び上がる。周平の悪口を言われた佐和紀が耳を引っ張ったからだ。

「人の旦那を『あの程度』とか言うな」

「あの男は薄汚いなんてものじゃないよ。邪悪さなら、ぼくと大差ない」

「だけど、俺はあいつが好きなんだ。ドロドロに汚くても」

「そうなんだろうね。全身で好きだって言ってる。でも、そんなものはぼくがきれいさっぱり消してあげる」

「子どもに抱かれて心変わりしたら、あいつに申し訳ないだろ。あれでも苦労してんだから」

「優しいんだね」

「……当たり前だろ」

惚れた相手だ。優しくする以上に優しくされている。おそらく一生かけても返せないほどの愛情だ。

「とにかく、お風呂に入ろうよ」

ジンリーが自分のローブの紐を解く。

「おまえ、話、聞いてる？」

佐和紀は肩を落とした。

「お風呂で話せばいいじゃない。潮風に当たったから、髪がゴワゴワで嫌なんだ。おまえも洗ってあげるよ、おいで」

「俺は犬コロじゃねぇよ」

「同じようなものだ。ぼくが拾って、ぼくが新しい首輪をつけるんだから。佐和紀は何色が好きなの？　派手な色の方がいい？　パッションピンクもあるよ」

そう言いながらチェストの中を探ったジンリーは、両手にそれぞれ四つほどの首輪を摑んで振り向いた。色とりどりのそれはあきらかに人間用だ。

さすがの佐和紀もたじろいだ。ジンリーは首輪をチェストに戻し、別の引き出しを開く。

「それで、これを着てね」

にっこりと笑ったのはわざとに違いない。

佐和紀はたまらずに後ずさった。よろめき、カウチソファーの背を摑んだ。

「女モノだろ！」

思わず叫んだが、それ以前の問題だ。周平でさえ、そんなものを持ち出したことはない。

ジンリーがひらひらさせているのは、レースのキャミソールだった。

ベビードールと呼ばれるフリルたっぷりのもので、かなり透けている。目にも鮮やかな赤が卑猥だ。

「サイズはメンズだから。これを着て、いやらしいことといっぱい覚えて」

「いや、いい。遠慮する」

佐和紀はふるふると首を左右に振った。これまでの人生で、変態的な男にも何度か遭遇してきたが、こんなに気持ちの悪い子どもは初めてだ。中身が大人なのだとしたら、いっそう不気味に思える。

「もう知ってるから、いらない」

「初めから覚え直すんだよ。ぼくが、躾けてあげるから」

「……ちょっと、待て」

「待たない」

一歩ずつ、ジンリーが近づく。佐和紀は後ずさった。のだが、身体はそこに留まった。

気持ちだけが逃げる。

「動揺するからだよ」

ジンリーがまっすぐに見つめてくる。佐和紀は、身長差のない感覚に戸惑った。自分が縮んだのか、ジンリーが大きくなったのか。どちらもありえないが、そう思えるぐらい、二人の目線は同じ高さにあった。

何が起こったのか。それを考える間もない。異変を感じた佐和紀は、とっさに目を閉じようとした。だが、まぶたも動かなかった。

「おかしいね、おまえは。それほど愛されているくせに、身体中が隙だらけだ。岩下や岡村が、さぞかし甘やかしているんだろう。まぁ、ぼくのような人間に会うことは、めったにないことだけどね」

「……ジン、リ……」

「そう。もう身体は動かない。言葉も出なくなる」

ジンリーの言葉が鋭い痛みになって脳へ突き刺さる。催眠術の中へ引きずり込まれ、佐和紀は思わず自分の舌を噛んだ。

その瞬間、頬を鋭くひっぱたかれる。

ハッと気づいて目を見開くと、佐和紀は膝をつき、ジンリーの両手で首を摑まれていた。

ジンリーの幼い双眸(そうぼう)がそこにある。景色はただそれだけだ。光の加減で色を変えた瞳は、翡翠のように艶(つや)めいた。

それが『神龍の宝玉』だ。人の心を操り、すべてを消し去ってしまう奇術の瞳。

佐和紀の抵抗は虚(むな)しい。

最後に思い浮かべた言葉さえ塗りつぶされ、目の前が真っ白になった。

「さぁ、目を開けて。ぼくの子犬(ズーチュエン)」

髪を撫でられ、永い眠りから覚めた気分でまぶたを開く。

眩(まぶ)しさを感じた佐和紀は、一糸纏(いっしまと)わぬ姿でカウチソファーに横たわっていた。

「お風呂に入ろう。今度は、身体の汚れを消してあげる」

「……」

「そんな目をしなくても、初めてはベッドの上だ。おいで」

差し出された少年の手を、迷いなく摑む。

「いい子だね。メイメイ。おまえの名前はメイメイだ」

目を覗き込まれ、佐和紀は夢見心地にうなずいた。与えられる名前にも、自分が裸でいることにも、疑問はひとつも持たなかった。

＊＊＊

暗闇の中で、暁明は目を閉じていた。

時間だけが刻々と過ぎていく。三十分は経ったと思えたが、実際は十分も経っていない。

少しずつ冷静になる頭の中で、自分のふがいなさに息をついた。階段下の小部屋で掃除道具に囲まれていると、遠い昔が甦る。

あれはどこの屋敷だったのだろう。子どもだけでかくれんぼをしたことがあった。

暁明は兄と一緒に、階段下の小部屋へこっそり入った。誰にも見つからなかったが、きっちりと締めたドアに鍵がかかってしまい、開かなくなってしまったのだ。

あのときも暁明は泣きたい気持ちになった。大丈夫だよと言ってくれた兄は、もうそばにいない。

組織を裏切り、粛清されたのだ。命は取られなかったが、気が狂ったまま病院へ入った。

もう二度と外の世界には戻れないだろう。

それが暁明と志賀が出会った事件でもあった。

志賀への嫉妬を募らせた兄の部下にもてあそばれ痛めつけられた記憶は暁明の脳裏に傷を残している。志賀と求め合うことで癒(いや)されてはいるが、完全に消えたわけじゃなかった。

今度は、ユウキと呼ばれていた男が同じ目に遭うのだろう。いや、もっと悲惨だ。

暁明はオモチャをねじこまれただけだった。でも、さっきの大男はユウキの身体を貪(むさぼ)るつもりでいる。

「……」

息が浅くなり、暁明はくちびるを嚙みしめた。

気を失ったユウキを背負って逃げ切ることには初めから無理があった。途中で意識を取り戻してくれたときは助かったと思ったが、いっそ気づかないままの方がよかったのかも知れない。

支え合って逃げようとした矢先、ユウキに執心した男に見つかったのだ。暁明はユウキを守ろうとした。でも、ユウキ自身は犠牲を厭(いと)わなかった。

そのあきらめの良さは、彼の人生を暁明へと垣間見(かいまみ)せた。

ユウキがどういう素性の男なのかを暁明は知らない。わかっていることは、汚されたら死んでしまうのではないかと思えるほどの可憐(かれん)な容姿と、佐和紀の大事な友人ということだけだ。彼の言うがままに逃げたことが、苦々しく暁明を後悔させた。

パソコンの前を離れると、暁明には何の力も残されない。

昼はカフェを営み、ときどき情報屋の真似事をしているが、暁明の本職は青島幇の日本支部をまとめる香主だ。でも、仕事内容は中間管理職の決済業務に過ぎない。パソコンの前で仕事の割り振りを確認して指示を出す。

それで、すべてが済んでしまうのだ。実力など何もない。

この屋敷に入り込んでいる組織の連中も、暁明が幹部の一人だとは夢ほどにも思わないだろう。

幾度となく繰り返してきた無力感に苛まれ、暁明は抱えた膝に額をぶつける。誰一人、守れない人生だった。

香主などという肩書は名ばかりで、いつも大事な人たちを犠牲にしてきた。

それは暁明の代わりに傷ついたパオズであり、暁明の代わりに犯された星花だ。

暁明は浅い息を繰り返して、闇を睨み据える。

叶わない恋をしている星花が、想い人の恋人とセックスして満たされるなら、それが一瞬の満足であっても意味があると思った。犠牲になり続けた星花への後ろめたさが十二分にあったのだ。

そして、自分だけが幸せになっている現実の重さから逃げたかった。

星花とパオズは、暁明だけでも幸せなら、誰も報われないよりもいいのだと笑う。それが本心だとわかるだけに辛さは増す。

組織の歯車に過ぎない香主のために、二人は献身的すぎる。

だから隠れていればいいと、暁明は自分自身に言い聞かせる。じきに志賀が迎えに来るだろう。パオズが手を回し、組織の人間も派遣される。

だが、そのとき、ユウキと佐和紀の無事は期待できない。

胸の奥が激しく痛み、叫び出したい気分になる。二人の破滅なら、この屋敷に入ったときからわかっていた。

『青島幇の至宝』とまで言われる『神龍の宝玉』とは、稀代の風水師であり奇術師でもあるジンリーの両目のことだ。

特に催眠術に長けていて、その気になれば暁明からでも記憶を抜ける。だからこそ、恐れられ、普段は組織に軟禁されている。

ジンリーが暇を持て余して逃げ出すのは、好みのペットが壊れたときだ。人種はこだわらない。そのときどきで好きなところへ逃げ、気に入った美形を毒牙にかける。記憶を抜かれ、傀儡となり、別人格を植えつけられた男たちはもう二度と元へ戻らない。

小さな子どものように見えるジンリーの中には、残忍な大人が育っているのだ。外見は十歳ぐらいだが、暁明との付き合いも十年近くなる。その頃から、外見は微塵も変わっていない。

突然変異の遺伝子を持っているのだと、パオズは言った。暁明としばらく離れていた子どもの頃、彼はジンリーの世話係をしていたのだ。

息苦しさを感じた暁明はドアノブに手をかけた。

この場をうまく逃げられたからといって無事でいられるだろうか。自分が切り捨てたのは岩下周平の身内だ。

冷静に考えるほどに恐ろしくなる。

たとえ、自分自身が切り刻まれたとしても、彼らを救わなければ、二度と手に入らないものを奪われるかも知れない。志賀の顔が脳裏をよぎり、暁明は震えた。

二人一緒に殺してくれるほど、岩下周平は優しい男じゃないだろう。

志賀の心が壊れたら、死んでも死にきれない。

焦燥にかられて握ったドアノブが空回りする。向こう側から引かれ、あっという間もなくライトに照らされた。暁明は眩しさから顔をそらし、腕をかざした。

「暁明」

待ち望んだ声へと這い出し、太い首筋へ飛びつく。しっかりと抱き寄せられる。その肩を強い力に引き剝がされた。

「ユウキは!?」

志賀の背後から現れた男に詰め寄られ、

「男が……」

暁明は階段を振り向いた。最後まで聞かずに駆け出そうとした男が、志賀に引き止められてつんのめる。

「一人で行くな。暁明、動けるか」

支えられながら腰を上げた暁明は、そこにいる男のことをようやく思い出した。

「頭、大丈夫……？」

銃で殴られて昏倒(こんとう)したはずだ。いや、それでも持ちこたえて、相手を殴り返していた。

「あー、やっと思い出してくれた？」

能見は緊張感のない顔でニカッと笑い、のんきに階段の上を指差した。

「で、上がればいいの？　早くしなきゃ、ヤバイんだろ？」

「緊張感、ゼロ……？」

驚いて志賀を振り向くと、

「あれは『ノーキン』って生き物だ。脳みそ筋肉」

答えながら、こめかみをトントンと叩いて苦笑する。その明るさに、暁明の心はほんの少し余裕を取り戻した。

「イチャつくのは俺の嫁を助けてからにしてくれ」

階段をのぼり始めた能見が肩をすくめる。志賀から強く手を握られた暁明は、永遠の別れも覚悟していた横顔を恋しく見つめた。

広い屋敷の中は無人に近い静けさだ。男の怒鳴り声が手がかりとなり、能見たちはすぐに部屋を特定した。

志賀が体当たりでドアをぶち破ると、三人の前に男の背中が見えた。腰をおろした足の間から、細い素足がバタバタと動いている。

暁明が中国語で制止の声をあげ、志賀と能見は間髪入れずに走り出した。ベッドに飛び乗った志賀が男の首を背後から締めあげる。その隙に能見がユウキを引きずり出した。そのまま抱き上げ、部屋の隅に走る。

男は叫び声をあげて抵抗したが、志賀は数秒で落とした。血管を締められて気絶した男を、腰につけていた縄で手早く縛る。床に蹴り転がし、剝いだシーツを暁明に渡す。

抱えて走り寄った暁明は、それを二人のそばに置いて後ずさる。

「ごめん、ごめんね……」

そう繰り返すユウキは泣きじゃくっている。まだ挿入はされていなかったようだが、両肩に乗り上げられ、あきらかに口淫を強要されていた。酷い目に遭ったのは自分なのに、能見の肩に顔を伏せて、ひたすら謝罪を繰り返す。

「……えらかった。えらかったんだ、ユウキ」

能見は両手両足でユウキの身体を絡め抱き、髪を何度も撫でて繰り返す。

「そんなこと、言わないで……」

能見の両手で頭を摑まれ、顔を覗き込まれたユウキがしゃくりあげる。

「はぁ？　俺がおまえを褒めて何が悪い」

「僕は……っ、くちに……っ」

「おまえが生きてればいいんだよ。ケガをしてなきゃいいんだよ。してないな、どこも痛くないか？」

「口の中、切った……っ」

「マジか。痛かったな。舐めてやるから、口開けろ」

「え……。いや。だって……」

ユウキが身をよじる。能見の肩に腕を突っ張らせたが、あっさりはずされて抱きすくめられた。

「わ、わかってる？　男のっ」

「んなこと知るか。おまえの口の中だ」

そう言うなり、能見はかぶりつくようなキスをした。

ユウキは何度も拳を肩にぶつけた。能見が口の中へと舌先を突っ込み、すべてを二人の唾液の味にしてしまうまで、ユウキは何度もその肩を叩いた。

汚される恐怖と、能見への申し訳なさと、もっと早く来てくれたらという無茶な願いのすべてをそこへぶつける。そして能見は、へらへらと笑いながら、唾液で濡れたユウキのくちびるをべろりと舐めた。

「遅くなってごめんな」

ユウキは呆気にとられている。

恋人さえ驚く能天気さに、志賀のそばへ戻った暁明は笑った。

そのくちびるに、そっとキスが触れる。身をかがめた志賀が、もう一度と近づいてくるのを押し留めた。

「ダメだ。まだ何ひとつ、終わってない」

「そうだったな」

ため息ひとつで離れていく男を、暁明は目で追う。

たまらず腕を引いて首筋を抱き寄せる。ユウキと能見のイチャつきを見せられて、そうせずにはいられない。

志賀も同じ気持ちなのだと、名残惜しく見つめられて気づいた。そしてこの愛を守り抜くためには、岩下周平の嫁を救い出さなければならないのだ。

「俺はまだやることがある」

志賀が声をかけると、能見はシーツにくるんだユウキを軽々と抱き上げた。志賀の先導で、あっという間に屋敷の外へ出る。

雑木林に突っ込むようにして停めてある車までたどり着くと、志賀は備え付けの機器を使って誰かと連絡を取った。

この車を用意し、機材を揃えた相手だ。

「能見たちは、この車で避難してくれてかまわない」

隠しておいた鍵を探し出し、志賀が助手席を開けた。能見がユウキを乗せる。

「カーナビにセットされてるホテルで一晩過ごしてくれ。車は駐車場に置いておけばいい。夜明けまでに回収される。不用意にハチ合わせるなよ。最悪、消されるからな」

冗談でもないのだろう。志賀は真顔だ。

「あんたら、いったい……。いや、いいや」

察しよく、能見はかぶりを振った。むやみな好奇心は身を滅ぼす。それほど確かな言葉もない。

うつらうつらとしているユウキは、シートベルトをつけてやろうとした能見に気づき、ハッと目を開いた。

「寝てろ。ベッドのあるところへ連れていってやる」

シーツ越しにぎゅっと手を探られ、再び眠りに落ちる。

額にチュッとキスをして、能見は助手席のドアを静かに閉めた。

「なんだよ……」

黙って見守っていた志賀と暁明に気づき、肩をそびやかす。

「微笑ましいなって……」

暁明が取り繕ったが、能見は志賀に向かい、からかうように笑った。

「おまえらも、デキてんだろ。まぁ、似合いとは言いにくいな」

「放っておいてくれ」

志賀がぶっきらぼうに答える。

「知ったことじゃないよな。悪いけど、あとはよろしく」

「明日になったら、病院へ行けよ。頭、ちゃんと診てもらえ。嫁のためにもな」

いらないと言いかけた能見が口ごもる。うーんと唸り、

「ホテルで一発やってもいいよな」

おずおずと言い出した言葉は、やはり緊張感に欠けている。

「どうせ死ぬなら、一発やって死ね」

志賀は適当なことを言って能見を急かした。

「そうだよなー。じゃあな！」

陽気な男は手を振りながら運転席に乗り込み、車をゆっくりバックさせて道へ出す。そして角を曲がって消える直前、テールランプを数回点滅させた。

次に会うことがあれば、能見はヤクザ、暁明と志賀は中華街のカフェ店員だ。お互いに初対面の振りをするだろう。

「優しい男だね」

寄り添った暁明は、するりと志賀の手を握る。

能見とユウキのアツアツぶりにあてられ、どうにも身体の芯が疼いてしまう。

もうお役御免のあの二人は、安全なホテルに宿を取る。ユウキは全身をくまなく慰められるのだ。想像すると、すぐに記憶が後を追い、暁明は志賀との夜を思い出した。

最近は少し所帯じみてきた。初めの頃の戸惑いがなくなった分、ときめきも忘れつつある。それでも肌を合わせるのは気持ち良くて、汗を流して動く志賀はいやらしい。

「俺は屋敷に戻るから、暁明、おまえはここで待ってろ。連絡を取るなら、ボックスの中に携帯電話が入ってる。……俺のだから、会話記録を漁られることはない」

志賀は、もう一台の携帯電話を振ってみせた。それが仕事用のものなのだ。

暁明はうつむいた。本国と連絡を取る必要があることを、志賀は見抜いている。でも、何も言わないのだ。知らないでいることが、二人の関係を続ける大事な要素だから。

「岩下は大目に見てくれないだろうな」

重いため息をついて、暁明は小さくつぶやいた。自分と志賀への制裁も恐ろしいが、ジンリーを擁する組織に対してもそれなりの報復があるだろう。

それを今から報告するのだ。後の対処を頼まなければならない。

どれぐらいの損失で済むのか。それはもう、相手の気分次第だ。

「おまえは情報屋に過ぎないだろう」

言外にしっかりしろと励まされ、暁明は志賀の肩にしなだれかかった。甘えたい気分だ。早く解放されたい。

だが、ふいに身を起こした。志賀の肩に摑まり、その顔を覗き込む。逞しい男の頬から瞳へと視線を滑らせた。

「岩下から頼まれてるの……？　知り合い？」

「まさか、怖いことを言うな」

笑った志賀に腰を抱かれる。下半身がこすれ合い、暁明は小さく声をあげて腰を引いた。

「おまえと星花のために行くだけだ。終わったら、俺のことを労ってくれ」

甘くささやかれ、キスがこめかみに押し当たる。

「いいよ。今夜は特別なことをしてやる」

暁明の返事で志賀の目が燃えた。ぎらぎらとした欲望に見つめられ、暁明はひっそりと目を細める。もしも取り返しのつかない事態になっていても、志賀の命だけは渡さない。

そのときは自分の立場のすべてを賭ける。そう心に決めて、志賀のくちびるへキスをした。

「ケガをしないように」

名残惜しく身体を離し、暁明は志賀を送り出す。それから、足元に置かれたジェラルミンケースを開いた。

船でセックスをしたことは、もうすでに遠い過去の出来事だった。

＊＊＊

支倉の運転する車が中華街に到着したのは、日付が変わる少し前だ。明かりの消えた街は静まり、喧騒の過ぎ去った残り香で淀んでいる。

雑然とした裏通りを入った車は『月下楼』の前で停まった。街灯の薄明かりの中で、とっくに閉店した店舗は眠っているようにも見えた。

運転席から降りた支倉が店のドアを叩きに行く。

奥にふわりと明かりがつき、長身の男が出てきた。裾の長い長袍をぞろりと着て、鼻の頭には小さな丸眼鏡を乗せている。暁明の右腕兼用心棒のパオズだ。

古いカンフー映画の吹き替えのような胡散臭い日本語が、後部座席の窓を少し開けた周平にも聞こえてくる。

しやる。

「うちの者から、連絡まだヨ。ワタシ、ここ動けない」

「こちらを優先していただきます」

支倉は慇懃無礼に頭をさげた。パオズの腕を摑むと無理やりに引きずり出し、車へと押
「あいや、戸締まりぐらい、させるアルね。せっかちすぎるヨ」

支倉の手を振り払い、パオズはわざと歯を剝き出しにして威嚇する。それから首にかけた紐を手繰り寄せ、服の中に隠していた鍵で施錠した。

「パオズというのもふざけた名前だな」

窓を半分だけ下ろした周平が車内から声をかけると、パオズは一瞬だけ真剣な顔になった。肩に流した髪束の毛先をいじり、ふんっと鼻を鳴らす。

「そちらほどではないネ」

周平の立場を揶揄しているのだが、

「一緒に来てくれ」

聞き流して単刀直入に頼んだ。

「取引は無事に済んだはずネ」

「俺の嫁が、ジンリーに連れていかれた。これがどういうことか、おまえはわかるな」

「それは勘違いネ。ワタシ、そんな人、知らない」

パオズが急にシラを切り、背後に控える支倉は苛立ちを露わにする。周平は視線で諭し、もう一度パオズに向かった。

「だが、おまえたちが俺の嫁を船に乗せた。それは事実だろう。俺に対して点数稼ぎをするつもりがないのなら、それでいい。車を出せ」

周平の一言で支倉が動き、パオズは閉まりかけた窓に手を差し込んだ。

「ま、待つネ。暁明の用心棒から、ジンリーと暁明が一緒にいるから回収すると聞いただけヨ。あなたのヨメのことは、知らないネ」

「志賀は俺が使っている。すべて終わるまで、おまえに連絡する暇はない」

「あ、ぃやぁ……」

がっくりと肩を落としたパオズは、ずるずるっとしゃがみ込んだ。

『だから日本人は嫌なんだ。得体の知れないデクノボウめ』

中国語で悪態をつくわりには、声のトーンはウキウキと弾んでいる。丸眼鏡と妙な口調でごまかされているが、母語を使う素顔のパオズにふざけたところは微塵もない。頭のいい参謀だ。

「乗るのか乗らないのか、すぐに決めろ。五秒だ」

中国語がわからない振りをした周平はしばらく待った。声に出さずカウントを取る。パオズはすくりと立ち上がった。

「志賀とはいつからネ」

周平がドアロックをはずして隣へずれる。パオズは素早く乗り込んできた。

「付き合いはない」

「ないわけ、ないアルよ！」

「ややこしいな。ないのあるのか、はっきりしろ」

周平は笑う。支倉が運転席に戻り、車が動き出した。

向かうのは街はずれの高層ビルだ。屋上にヘリポートがある。

「あんまり、俺を質問責めにするな。おまえをミンチにして、本物の中華まんにしなくちゃいけなくなる」

「あまりこわがらせないでください」

安全運転を心がける支倉が、律儀にウィンカーを出しながら言う。周平は笑った。

「あれだな、マントウ」

「それじゃ、具がないネ。ワタシ、パオズ」

言い返しながらも頬を引きつらせる。

「青島幇の香主は、暁明だな」

ふざけた後でいきなり切り込む周平の一言に、パオズの顔色が変わった。

「それを公安に……」

「言うわけないだろ。俺とは関係ない」

黒縁の眼鏡の奥で周平の目が細くなる。パオズはごくりと生唾を飲み、視線をそらした。

「い、言わないならイイ。中華街のシノギは、横浜信義会が握ってる。この前の幹部総入れ替えで、あのあたりは大滝組の若頭が押さえたも同然ヨ。あんたの、アニキ分ネ……」

「そうだ。だから、安心しろ。誰にも言わない」

「安心できるわけがないネ！」

「知るか、そんなこと」

長い足を組み、周平は膝の上で手を組み合わせた。

「ジンリーの催眠術はどれぐらいの精度だ」

「……完璧ネ」

「好みの男をペットにするのが趣味なんだろう。どういうことなんだ」

「あれはチョット変態ネ。中身は二十歳ぐらいだけど、外見が年を取らない特殊な病気アル。気に入った男の記憶を消して、下着姿で飼うのが趣味ネ」

「下着？」

周平が眉をひそめた。

「布地の少ないのか、スケスケか。どっちにしても、エロいやつネ。どこに行くでも連れ回して、セックスしたりさせたりするアル……。まぁ、ジンリーの男性機能には難があるから、アナルセックスは無理ね。だから、安心するネ。レイプないよ」

「……本気で言ってるのか」

「チョット、あんた！」

　身を乗り出したパオズが支倉に声をかける。

「岩下さんのアウトはドコから？」

「下着ってところでアウトです。本人が望まなかったのなら、キスも、ペッティングもアウトです」

「の、望めば……」

「今回はそうじゃないでしょう」

　支倉に言われ、パオズが恐る恐る振り向く。周平は静かに言った。

「おまえのところの末端で小商いをしているヤツがいるだろう。三人ほど警察に売ったからな」

「え？」

「あとはどこをつぶして欲しい。不法入国を連続でしくじらせてやろうか」

「……何を、すれば……いい、アル」

「暁明を」

　周平の言葉に、パオズは小さく飛び上がる。

「岡村の女にでもするか」

「それは、それは……」

激しく頭を振った。

「暁明には志賀がいるネ。志賀は、あんたの」

「部下でもなんでもない。他人の恋路なんか知ったことか。星花は淫乱すぎて、雑魚を食わせている方がいいような男だからな。岡村には、もっと初心そうな男がいい。相手がいれば好都合だ。横恋慕の欲も満たされる」

「やめてください。泣きそうになってるじゃないですか」

支倉がルームミラーをちらりと見る。

「佐和紀は記憶を消されてるんだぞ」

「大丈夫ネ！　所詮は、催眠術アルよ。ジンリーはペットをじっくりかわいがるタイプだから、薬漬けは早くても半年後アル」

「最低だな」

周平の一言に、パオズは黙って視線をそらす。あんたに言われるのか、とは、思っていても言い出せない。

「……ワタシがジンリーに言って聞かせる。必ず、元に戻させるアル」

「でも、スケスケランジェリーなんだろう？」

「いいじゃないですか。それはそのまま頂いておけば。それよりも頭が良くなる術をかけてもらえばどうです」

支倉の軽口に、周平が運転席のシートを蹴りつける。車に急ブレーキがかかり、後ろの車からクラクションを鳴らされた。

目立たないようにと、地味な国産高級車にしたのがアダになった。ちょうど信号だったこともあり、後ろを追走していた黒塗りの車から、強面の男たちがぞろぞろと出てくる。

あっという間に取り囲まれた。酔っているのだろう男たちは相手が誰かを知りもせず、威圧的に怒鳴り散らしている。

パオズが周平の横顔を盗み見た。運転席では、支倉がつらつらと男たちの名をあげる。横浜で問題を起こすワルの名前と顔ぐらいは頭に入っているのだ。

そこにいるのは、構成員にもなれないチンピラたちだった。

「支倉。面倒だ。顔で始末をつける」

そう言った周平は後部座席の窓ガラスをさげた。男の一人がにゅっと顔を入れてきた。

周平を見るなり、ぎょっとして飛び上がり、窓枠で頭をぶつける。

「迷惑をかけたか？」

「いいいいいい、いいえええっ」

飛び退った男が頭をさげた。何事かと気色ばんで覗きに来た男たちも悲鳴をあげて飛び退る。

「申し訳ありませんでしたぁぁぁぁ」

「お、おき、おきを、つけてぇ」

「……酒気帯び運転するなよ」

周平が窓ガラスを上げるのと同時に、支倉が車を動かした。

「運転手はシラフのようでした」

「うちも徹底させないとな」

「代行の連絡先を撒いてからはゼロに近いと思いますが」

それもまた問題なのだ。支倉が撒いた運転代行のワンボックスには、女も乗っている。運転代行とデリヘルの配達が一緒になっていて、酔ったチンピラたちはそのままホテルなり自宅なりにしけこむ。

費用の何割かを組幹部がポケットマネーで負担しているのを、発案者である支倉は『福利厚生』だと言う。周平には失笑しかないが、それでもトラブルの発生率は下がっていた。

「パオズ」

走り出した車の中で、周平はちらりと視線を向けた。

「今回のことは、佐和紀を回収してから結論を出す。万が一のときは、暁明自身に責任を取らせるからそのつもりでいろ」

否という権利はパオズにはない。暁明にもないのだ。

「おまえとジンリーはどういう関係なんだ」

うなだれたパオズの肩がぴくりと反応する。

「それは……極秘機密……ネ……」

うつむいたまま、鬱々とした声で言った。

＊＊＊

天蓋から垂れた薄い布地がベッドを覆う。部屋は薄暗く、サイドテーブルの淡いライトが褥(しとね)を浮かび上がらせていた。

その中央では、美しい少年が膝立ちになり、男の髪にせっせとブラシをかけている。

「あぁ、メイメイ。ジャスミンのいい香りだ。もう身体中がぼくの好きな匂いだね」

髪に鼻先をうずめ、肩を背後から抱きしめる。

「よく似合ってるよ。選んだ服は気に入った？」

「服……？」

佐和紀は自分の胸元を押さえた。

ジンリーの催眠術にかかり、自分の名前も今までの記憶もないが、日常生活に関する記憶と日本語だけは覚えている。

「服って、こんな、だった……?」

まだ、いろんなことがぼやけている段階だ。ローブを着たジンリーは耳元にくちびるを寄せ、そっとささやく。

「そうだよ。メイメイの服はね、透けていなければいけないんだよ。それが当たり前」

「あぁ、そっか」

佐和紀はあっさりと納得してうなずいた。

身に着けているのは、ライラック色のドレッシーなキャミソールだった。身頃は艶やかなシルクで、胸の部分は繊細なレース。その下につけた小さな三角ブラの中央にはリボンがついている。

ジンリーがそっとめくったキャミソールの下は、一本紐のTバック。ガーターベルトで留めているのは、キャミソールと揃いのレースがついた黒いストッキングだ。

サイズは佐和紀に合っているが、完全な女装だった。

「あっちを向いて」

クッションの山にもたれたジンリーが言うと、佐和紀はおずおずと動いた。キャミソールの裾が揺れる。

「膝で立ってみてよ」

ストッキングの上から編み上げのロングブーツを履いた佐和紀は膝立ちになった。キャミソールの裾は足の付け根ぎりぎりだ。腕をあげると、裾がさらに短くなり、丸みを帯びたヒップが見える。

「脱がしてみないとわからないものだ」

うっとりとした声で言ったジンリーは佐和紀を手招いた。

腰に手をまわし、キャミソールの裾から指を忍ばせる。吸いつくような肌を撫で回し、ほどよく筋肉質な桃尻(ももじり)を摑んだ。

「メイメイはいやらしいお尻をしてるね」

寝そべっても崩れないほどだ。記憶をなくしていてもなお快感を期待するように身をよじらせる。

身体は快感を覚えているが、記憶にはない。初めて感じる気持ち良さに恥じらって頰を染めるのが煽情的(せんじょうてき)だ。

「いいんだよ、気持ち良くなって。お尻を揉まれると、気持ちがいいんだろう？　それに、ここ……。ここをかわいがってもらうんだよ」

ジンリーの細い指がTバックの紐をなぞりながら割れ目に食い込むと、佐和紀は怯えたように逃げた。

「嫌なの？」

「嫌、じゃない……」

ジンリーだけを頼りにするように、風呂の中でみっちりと言い含められた佐和紀は、戸惑いながら口にする。ジンリーはほくそ笑みながら頬を撫でた。とろんと目を伏せた佐和紀がすり寄っていく。

頬にキスをすると、すぐにくちびるを欲しがった。まだ記憶を失う前の性体験が強く残っている。それを自分の性癖で卑猥に塗り替えるのがジンリーの楽しみだ。

ドアをノックする音がして、ジンリーはベッドを下りた。佐和紀の頬を撫でて待たせる。男を受け入れるとき、佐和紀がどんな表情を見せるのか。考えるだけでも快感を覚える。子どものままの股間(こかん)が疼き、硬くなるのがわかった。

「来たね」

ドアを開け、別室で待たせていた男たちを招き入れた。

星花と岡村だ。佐和紀の二度目の処女(バージン)を開発するのに、この二人ほどの適任もないだろう。

一人は佐和紀の夫である周平を愛し、もう一人は兄貴分の嫁である佐和紀に恋焦がれている。

「待たせて悪かったな。いろいろと忙しくてね」

ローブの襟を正し、ボブスタイルの髪を揺らした。

「佐和紀さんを返してください」

我慢できずに歩み出る岡村の腕を、星花がすかさず摑んで引き戻す。

「お久しぶりですね。お変わりなく……」

「変わりたくても変われない」

皮肉げな笑みを向けたが、星花もそれぐらいでは動じなかった。

「ずいぶんと派手なことをされたんですね。海の上でも困りますよ。暁明の苦労を考えてやったらどうです」

「安楽椅子に座っているだけの男じゃないか。ぼくの知ったことではない。でも、追いかけっこは楽しかったよ」

「ジンリー。俺たちが来た理由はわかっているでしょう。岩下佐和紀を返してください」

「そんな男はもういない」

ジンリーの言葉に、星花の表情が曇る。

「どういうことだ」

星花の肩を押しのけていた岡村は動きを止めた。

ベッドに腰かけたジンリーが、天蓋に吊るされたレースの陰に指を伸ばす。佐和紀がいるのかと目を凝らした岡村と星花は、声もなく硬直した。

這って出てきたのは、ランジェリー姿の佐和紀だった。胸元のレースがセクシーなシルクのキャミソールは、引き締まった身体のラインに沿う。

「お客さん？」

トリートメントをされた髪は、いつも以上にさらさらつやつやだ。佐和紀はジンリーへしなだれかかった。

横座りした足元にはロングブーツ。キャミソールの下は絶妙に見えない。

「さ、わき、さん……？」

岡村は呆然（ぼうぜん）とつぶやいた。

「元に戻してください！　今すぐ！」

星花が叫ぶ。

「その男は、岩下の！」

「さぁ？　別人だろう？」

ジンリーは目を細めてそっぽを向く。佐和紀のあご下を、指でそっとくすぐった。

「この子はメイメイというんだよ、星花。ぼくの新しいペットだ。だからね、久しぶりに君に働いてもらわなくちゃ」

「そんなことは認められません」

『誰に口を利いているの。おまえが必要とする情報のために、どれだけ組織の人間が動いていると思う。たかだか日本ヤクザの情報ごときで相殺されているわけがないだろう』

ジンリーは中国語で言った。表情をこわばらせた星花が負けじと答える。

『岩下をただのヤクザだと思っているなら、さっさと本国にお戻りなさい。まだ世間が見えていないようだ』

「出すぎた口だね」

佐和紀の腰に手をまわし、二人からは見えないキャミソールの後ろ部分をたくし上げる。子どもの手だが、仕草は大人のそれだ。臀部(でんぶ)のスリットを探られた佐和紀は顔を伏せ、肩を小刻みに震わせる。

「この新しい犬を調教してくれるね、星花」

有無を言わせぬ口調に、星花は息を呑んだ。

「おまえだって組織の人間だ。隣にいる岡村を無事に返してやりたいのなら、黙って手伝うことだよ」

「ふざけるのもたいがいにしろ！」

岡村が耐えきれずに怒鳴った。星花を押しのけ、ジンリーの前に立つ。

「子どもの悪ふざけにしては酷すぎるぞ」

振り上げた手をすかさず摑んだのは、ジンリーでも星花でもない。おとなしく侍っていた佐和紀だ。

「ありがとう。メイメイ。いい子だ」

褒められると、岡村の腕を投げ捨て、髪を撫でられに行ってしまう。

「佐和紀さん……。岡村です。シンです。佐和紀さん！」

その場にしゃがみ、岡村は必死に佐和紀を見上げた。だが、ふいっと顔を背けられ、無視される。

「必死だなぁ。岡村。シンというのか。良い名前だ」

ジンリーがベッドを下りた。岡村のあごを子どもの手が摑む。

とっさに跳ねのけ、身を翻した。そこへ星花が飛び込む。

「……いい判断だ。君たちは名前に同じ文字を持っているんだな。シンとシンファだ。おかしいね……。いいかい、二人とも。ぼくは交渉なんてしないよ。必要ないからね。でも、君たちの記憶をもらうことは簡単なんだ」

ジンリーの言葉はすべてが暗示だ。わずかにでも動揺すれば、耳から目から催眠術は滑り込む。

「さぁ、どちらがぼくの新しいペットに快感を教えてくれる？　メイメイは元の調教がいいからね。きっと処女のままメスイキできるだろう。シン。おまえ、抱いたらどうだ」

甘く微笑みかける顔はあどけない。岡村は生唾をごくりと飲み込んだ。

ベッドに腰かけ、足先をぶらぶらと揺らしている佐和紀と目が合う。きついまなざしはそのままに、瞳だけがとろりと淀んでいる。それがなんともいえずに淫猥だった。

胸元のレースには素肌の色が透けて見え、小さな乳首はちょうどリボンで隠されている。

「何をしても、これはメイメイだ。おまえの好きな男じゃない」

「……岡村さん」

星花に腕を揺すられ、岡村はハッと我に返る。ジンリーが悪魔的に笑った。

「その頭の中にある妄想が叶うんだよ。ねぇ、メイメイ。あの男がおまえに気持ちのいいことを教えてくれるよ。さっき、お風呂で少しだけ教えてやっただろう？　ここを、ね……」

ベッドに腰かける佐和紀の膝がわずかに開く。横から抱き寄せるジンリーの手が、キャミソールの裾の下でうごめいた。

「んっ……」

びくっと震えた佐和紀が身をかがめる。

「……はっ、ぁ……」

甘く尾を引く声は、周平と睦み合うときのそれと同じだ。

今触れたら、佐和紀は岡村にも同じ声で応える。罪悪感もなく足を開き、初めての気持ちで受け入れるのだ。

「もっとして欲しいだろう、メイメイ。あの男に頼んでごらん」

「やめろ」

岡村はぴしゃりと言い放つ。

だが、彼の中で、欲望と理性は嵐のように吹き荒れて入り乱れる。とりとめもなく現実感が失われていく。

佐和紀に触れることを望まないわけじゃない。

周平の代わりでもいいから、求めて欲しいと思っている。だけど、これは佐和紀の本心じゃない。触れたら裏切りになる。

絶対に裏切らないと忠誠を誓った相手を、欲望では汚せない。

ぐっと拳を握りしめ、岡村はその場で膝を揃えて頭をさげた。

「お願いします。佐和紀さんを元に戻してください」

「はー、日本人って感じ……」

ジンリーはしらけた顔でつぶやいた。

「星花ぁ。つまらないね。こんなことなら、淫乱になるように暗示をかければよかった」

「……ジンリー。俺と岡村とで、あなたに奉仕します。満足されたなら、そのときにもう一度考え直してください」

星花はその場に片膝をついた。恭しい服従の姿勢だ。

「うまいの？　その男」

「岩下の代わりに俺と寝てるんですから、保証します。久しぶりに俺と遊んでください」

そう言いながら、星花は自分の服に爪を立てる。岡村は目を細めた。星花にとっても、ジンリーの催眠術は脅威なのだと気づく。

胸をそらしたジンリーが言った。

「いいけど、ぼくとすると、すぐ術にかかるじゃないか。いいの？　それが嫌で逃げ回ってたのは、誰だっけ？」

「かまいません……。そのつもりで、来たんです」

口ではそう言うが、星花の身体は小刻みに震えていた。大きく息を吸い込み、服を脱ぐ。星花の身体は、悪い遊びの残り香を思い出していた。

男のオモチャになるという淫靡さは甘い酩酊だ。その日々を思い出せば、星花の身体は心底から疼いてたまらなくなる。

そういう快感の空虚を満たしたのが周平だった。器具も使わず、回数に頼らず、星花を引きずり堕とすようなセックスをした。

酩酊と墜落の衝撃が入り混じった強烈さを、ジンリーの術は強引に再現してしまうのだ。岡村や双子とのセックスでごまかしていた欲望が蓋を開けたら、星花はしばらく元に戻れない。

「そう……。いいなら、おいで」

ジンリーはローブの紐を解いた。岡村の見ている前で佐和紀の頬にキスをする。

「メイメイ。おまえはそばで見ているといいよ。たまらなくなったら、星花に舐めさせるからね」

その行為と発言よりも、ローブに隠されていた少年のベビードールに岡村は驚いた。ピンクのスケスケで、フリルがふんだんにあしらわれている。

「勃つ自信が……」

土下座の体勢で両手を床についたまま、岡村はうなだれた。

「誰を妄想してもいいから、勃てて。絶対に！」

小声で言った星花が、岡村のスーツを引っ張る。

「手伝ってあげようか」

そう声をかけてきたのは、佐和紀だ。見えるか見えないか、ぎりぎりの裾を揺らし、ベッドを下りる。とっさに立ち上がった岡村のネクタイを摑み、

「セックスって、お尻に入れるの？　痛くない？」

あどけない目で見上げる。ふらついた岡村は、星花に支えられた。

「もうフル勃起でしょ？」

「それを言うな」

身体は正直だ。美少年のベビードールに萎えていた股間は、佐和紀に近づかれただけでスラックスがきついほど勃起する。岡村の前に立った佐和紀は、のんびりとネクタイをほ

どく。罪のない指先で理性を試された岡村は、息を殺して服を脱いだ。

周平が到着するまでに佐和紀を奪還できないなら、時間稼ぎをするしかない。このまま貞操を守れるのなら、セックスを見せることも平気だ。

ただ、周平への疑問が胸をよぎった。

もしかしたら、こうして悶々とすることも折り込み済みなのかも知れないと思う。岡村は股間を隠す最後の一枚に手をかけた。

「見ないでください」

ほぼ裸同然の佐和紀を前に、股間は完全にエレクトしている。星花にからかわれるのもしかたがなかった。

「あ、すごい……」

まじまじと観察する佐和紀の視線を追った岡村は、乳首が見えそうな胸元から慌てて目をそらす。身体を翻して、星花の腕を引いた。

「冗談じゃないぞ」

ベッドの上へ乗って睨むと、裸になった星花はしなを作った。

「……いつもより、デカいんじゃない？　よかったね。初お目見えがフルのときで」

「そういう問題じゃない……ッ」

岡村はイライラしながらジンリーを探した。

佐和紀を枕元に座らせ、ベッドに上がるところだ。

「シン。まずはぼくとキスをして」

ジンリーから望まれ、ベッドの上を膝で移動する。ほどよい硬さのスプリングだ。

「メイメイに見えるようにしてやってよ。まだキスも覚えたてだ」

「……俺のやり方でするぞ」

岡村は開き直った。ジンリーの頬を両手で包み、顔をあげさせる。親指でふくよかな下くちびるをなぞり、追ってくちびるを押し当てる。

「んっ……」

甘い息遣いをついばみ、焦れて出てきた舌をそっと吸う。

「ん……っ、ふっ……ぅ」

息を乱すジンリーを抱き寄せ、片手を胸に這わせた。尖りを弾くと、胸を押し返される。

「合格点ですか」

尋ねたが答えは返らない。

「もうぼくはいい。星花」

「食われなかったんだ、合格だよ」

呼ばれた星花が、岡村の肩にキスをする。興奮した表情のジンリーが言った。

「ドッグスタイルで挿入するところが見たい。メイメイ、おいで。今からお尻に指を入れるよ」

すべてを観賞させるつもりだ。佐和紀に持たせていたローションをジンリーが岡村へ差し出す。

受け取った岡村は、ぬめりのある液体を手のひらにたっぷりと出した。両手に馴染(なじ)ませてから、四つ這いになっている星花の割れ目も露わな臀部へと塗りつけた。

滴るほどにして、指を添わせる。すぐには入れず、指の節ですぼまりを撫でた。ひくひくして欲しがるまで続けると、星花の息もわずかに乱れる。

それでやっと指先をあてがった。人差し指をゆっくりとねじ込んでいく。

「あっ……」

星花が嬌声(きょうせい)を漏らし、ぬるっとした穴へ、指はスムーズに挿入される。

ジンリーに肩を抱かれた佐和紀が、陰部と岡村を交互に見比べた。

「メイメイも早くして欲しいの？　うずうずしてるね。ぼくが触ってあげようか」

そう言って佐和紀に触れようとする手を、岡村は強引に掴んだ。

「こっちの準備を見せてやれよ」

「手で？　口で？」

「手でしてくれ」

岡村はげんなりした口調で答えた。

だが、佐和紀を見るだけで、股間は脈を打って反る。

ベッドの上にペタンと座り、キャミソールの裾を押さえている佐和紀の姿はいじらしい。その奥に興奮があるのだろう。もじもじと揺れる腰から目を背け、岡村は舌打ちをした。

星花の柔らかくほどけた場所に指を増やす。生粋の淫乱だ。ローションを垂らせば、女よりも早く準備が済む。

だから、ジンリーの手淫もほどほどに、岡村は腰を引いた。

「ゴムをくれ」

「生でしたら？」

ジンリーに睨まれ、無言で見つめ返す。折れたのはジンリーだ。枕の下からパッケージが出てくる。封を切ってあてがうと、佐和紀は不思議そうに身を乗り出した。

微妙な瞬間を見られた岡村はたじろいだ。根元を摑んで息を整え直し、するするっと装着して、ローションを足す。

佐和紀に見られているだけで興奮が募り、薄いスキンがめいっぱい伸びるほど成長する。それを星花にあてがった。

切っ先を押し当てると、柔らかな肉は弾むように岡村を受け止めた。アナルセックスに慣れたそこは、ふっくらと肉づきがいい。

「あっ、あぁっ……っ」

押し込んだ瞬間、星花が声をあげ、佐和紀は驚いたように身を引いた。その瞳に欲情が差し、ふっと潤む。岡村は目をそらした。

その視線を向けられたら、確実に昇天だ。

想像するだけでもあやうい。岡村はまったく違うことを考えながら腰を進めた。思い浮かべたのは、車のエンジンだ。その構造を隅々まで思い出し、他のことはもう何も考えない。

「あっ。あっ……いいっ、あぁん……っ」

息を乱した星花がシーツを摑んでのけぞった。性行為のけだるい雰囲気に包まれたベッドの上で、ただ一人だけ純真な佐和紀の顔も、ほのかに赤い。

浅く繰り返される生の息遣いが、快楽に浸る星花の声よりいやらしい。我慢の限界を試され続ける岡村は、額に汗を滴らせた。

「誰……？」

物音に気づき、ジンリーが寝室のドアを振り向く。ハッと息を呑んだ。その眉間に黒い筒が当たっている。銃口だ。ハンドガンの先端を押し当てられたジンリーのまぶたが痙攣した。

完全に気配を隠して近づいた男を見て、岡村は楔を引き抜く。イキそびれた星花はまだ事態を知らず、不満げに身体を起こした。そこに暁明の情夫を見つけ、眉根を曇らせる。

一方、佐和紀が動いた。迷うことなく銃身を押しのけ、ジンリーをかばう。先制攻撃は佐和紀だった。パンチをかわした志賀が飛び退る。

距離を詰める佐和紀の、ラベンダー色のキャミソールの裾がはためき、すっきりと伸びた足から腰までが見える。どこもかしこも無駄な肉がない。骨格からして美しい身体だ。

「あともう少し待てないのか……。あの男は」

いいところを邪魔された星花が、志賀に向かって忌々しげに言い捨てる。

ハンドガンをホルダーに戻した志賀と佐和紀が睨み合い、見ていることしかできない岡村は、星花に押しつけられた服にも気づかなかった。

暁明の情人の志賀は軍隊上がりだ。押されているように見えるのは、手加減しているからだろう。しかし、佐和紀の機敏さは確実に志賀を追い詰めていた。

「メイメイ。ここでものを壊されては困る。外でおやり。存分に遊んでおいで」

ついには志賀も応戦するしかなくなり、ジンリーがベッドを下りた。

ローブに袖を通しながら、大きなガラス戸を押し開いた。

二階に位置しているそこには広いテラスがあり、庭に下りる石段が伸びている。

駆け出した佐和紀が岡村の視界から消え、志賀が後を追う。

裸足(はだし)をものともしない佐和紀は、大きくジャンプして芝生へ飛び下りる。立ち上がる瞬間を狙(ねら)った志賀が腕を掴み、顔を覗き込んだ。

催眠にかかった目はとろんと淀み、言葉が届かない。

「メイメイッ！」

少年の叫ぶ声がした。

「遠慮はいらないから！　動かなくなるまで、ぶちのめして！」

ジンリーの声は引き金だ。佐和紀が志賀の腕を振りほどく。

リミッターがはずされたと悟った志賀は身を引いた。だが、一瞬で前へ出る。

そこに佐和紀への侮りがあった。狂犬と呼ばれてもチンピラだ。ケンカと格闘は違う。

そう決めてかかっていた志賀のこめかみに目がけて、佐和紀のハイキックが炸裂した。

低い踵のあるブーツはそれだけで凶器だ。とっさに腕で止めたが間に合わず、志賀の眉の端が切れて血が流れる。

テラスから様子を見ていた星花は、階段の踊り場で見物しているジンリーに詰め寄った。

「いくら本国に閉じ込められて退屈だからって、これは度が過ぎる」

裸に長袍の上着だけを着た星花は、ボタンを留めるのもそこそこに声を荒らげる。

「志賀にもしものことがあってみろ。黙ってないのは俺だけじゃないんだぞ！」

怒鳴りつけられたジンリーは、星花の剣幕に怯えて泣き出すかに見えた。

しかし、彼に人並みの感覚はない。

「来てくれるなら会いたいものだね」

目を細め、柵にもたれる。

ようやく部屋から出てきた岡村は、ベルトを締めながら二人へ近づいた。ジンリーから視線を投げられる。

「悠長だね、シン。おまえはどっちが勝つと思う？　志賀はね。外国人部隊にいたんだ」

首からネクタイをかけた岡村は、目を見開いた。志賀の経歴は知っている。驚いたのはそこじゃなかった。

室内でのやり合いとはまるで違い、志賀と佐和紀は本気で戦っている。思わず駆け寄ろうとした腕に、星花が抱きついた。

「バカッ。殺されに行くつもりか！」

「もしも佐和紀さんに……」

「あんたが殺されるよ！　だいたい、あいつは暁明を探しに来たんじゃないのか」

星花はぼんやりとつぶやき、顔をしかめた。志賀はもう目的を見失っている。手を抜けば、殴り殺されるのは彼の方なのだ。

「ジンリー、もういいだろう。あの二人を本気でやり合わせるな」

「ねぇ、星花。いくらぼくでも、心得のない人間を戦闘マシーンにはできない。あれは、本当にただの嫁かな？」

ジンリーの声は冷酷だ。星花の顔から色が消え、階段下の二人を目で追う。

二度目のハイキックを防いだ志賀が、佐和紀の足首を摑む。そのまま引きずり倒そうとしたが、臆せずに身をよじった佐和紀は、もう片方の足で胸を蹴った。そのまま首に足が絡む。

腹筋を使って起き上がった佐和紀に頭突きを決められ、志賀がよろめいた。

星花の隣でジンリーが笑い声をあげる。無邪気に手を打った。

志賀のガンホルダーからハンドガンを盗んだ佐和紀が、手慣れた仕草で安全装置をはずした。

次の瞬間、テラスの三人は揃って肩をすくめる。

岡村と星花は真っ青になって後ずさり、銃声を聞いたジンリーはなおも激しく哄笑した。戸惑うことなく引き金を引いた佐和紀の手から、弾はまっすぐに飛んだ。懐へ飛び込んだ志賀がその腰にしがみつく。

次の一発が撃たれる前に、ジンリーは指笛を吹いた。佐和紀を止め、テラスの階段を下りる。

岡村と星花は、互いを支え合ったまま動けなかった。

「思い切りがいいね。ペットにしておくには惜しいぐらいだ」

佐和紀がハンドガンで志賀を殴りつけた。崩れた志賀の髪を鷲摑みにしたジンリーは、近づくプロペラ音に気づいて空を仰ぐ。

夜明けの空から、ヘリが降りてきた。佐和紀のキャミソールの裾が風を受けてはためく。

佐和紀はジンリーを守るように立ち、志賀がその場に投げ転がされる。

「来た……」

テラスに残った星花は、よろめきながらつぶやく。その肩を岡村が抱く。お互いに震えているのは、山の空気が肌寒いからだけじゃない。

佐和紀のキャミソールを吹き上げたヘリは、地上へ降りた二人の男をその場に残して飛び去る。

日本人と中国人だ。日付が変わっても凛々しいタキシード姿の周平を、小さな丸眼鏡に長袍を着たパオズが追う。

ジンリーの肩が脈を打つように揺れ、緊張が走る。

「メイメイ、タキシードの男を撃って」

佐和紀にだけ聞こえる声で言ったジンリーが、背中へ隠れる。命じられた佐和紀は、自動装塡(そうてん)のハンドガンを持ち上げた。銃口の先にいるのは周平だ。

「佐和紀さんっ！」

叫んだ岡村が階段を踏みはずす。引き止めようとして一緒に転げ落ちた星花は、次の踊り場に両手をついた。

銃声が響く。

誰の目にも弾道は見えない。だが、みじろぎもしない周平の三十センチそばを弾が飛び抜けた。とっさに動くことができたのは志賀だけだ。銃声よりもわずかに早く飛びつき、的をはずしたばかりのハンドガンをもぎ取る。

そのまま横転して安全を確保したが、顔の半分が血にまみれていた。佐和紀のハイキックを受けてできた傷のせいだ。

ポケットに手を入れたままの周平は、佐和紀の姿にも志賀の流血にも驚かず、ニヒルに笑う。それを見たジンリーが、負けじと薄ら笑いを浮かべた。

「悪運の強さだね」

志賀からハンドガンを奪おうとする佐和紀を呼び戻す。

『どこへ行くつもりだ！』

パオズが中国語で声を張りあげた。

『どこでもいいだろ！』

怒鳴り返したジンリーは、駆け寄ってくるパオズに気づくと、佐和紀の身体にしがみついた。高級なシルクに頬を押し当てる。

『今度の遊びは代償が大きい！　家出のたびにトラブルが大きくなってるじゃないか。ええ？』

ずかずかと近づいたパオズが、ジンリーの耳をぎゅっと引っ張る。痛みに声をあげたジンリーを守ろうと、佐和紀が攻撃の体勢に移った。だが、ジンリー本人に止められて腕をおろす。佐和紀の腰にしがみついたまま、ジンリーはじっとパオズを見た。

　邪悪さが消えた不機嫌は、子どもの拗ねた顔そのものだ。

『ぼくのせいじゃない』

『じゃあ、誰のせいだ』

『……自分の胸に聞けよ』

『俺に、女装する趣味はない』

　突き放すように言われ、ジンリーはぐっと押し黙る。ひとつに結んだ長い髪を肩から胸へと垂らしたパオズは、腰に手を当てた。

『でも、相談には乗ってやる。その前に、この人にかけた術を解け。……おまえが撃たせたんだろ！　当たったらどうするつもりだったんだ！』

『当たるわけないよ！　だって……』

　佐和紀は素人だと言いかけ、ジンリーは黙る。パオズもようやく気づいて、あんぐりと口を開いた。

　そうだ。素人だ。遊びで試し撃ちしたぐらいで数メートル先の人間の頭を射抜けるはずはない。

「この人、スナイパー、違うネ……ソウネ」

周平を振り向いたパオズは、ひとりごちてうなずいた。

志賀が飛びかかっていなければ、弾は確実に周平の頭部を撃ち抜いていた。

恐れおののくパオズの背後から、悠然とした周平が現れ、

「本当に忘れてるのか」

遠慮のない視線でキャミソール姿の佐和紀を眺め回す。嫁から銃口を向けられたことにも、かすめる近さで弾が飛んだことにも、まるで動揺がない。

わずかに怯えたのは記憶を失った佐和紀の方だった。目も合わさずにジンリーを抱き寄せる。

周平はすべてを理解した顔になり、黒縁の眼鏡をついっと押し上げた。それを横目に見たパオズが焦った。

「記憶、戻すネ」

「その下手な日本語、どうにかならないの……」

ジンリーはくちびるを曲げる。丸眼鏡をかけたパオズは芝生を蹴った。

『黙ってろ！　言うこと聞かないとわかってるだろうな』

『わからせてみたら？　できるならね、兄さん』

上目遣いに見つめられ、パオズは視線をそらす。鼻を鳴らしたジンリーが周平へ向き直る。

「メイメイはぼくのペットだ。これからいやらしいことをたくさん教えるんだよ。おまえのことなんて、何ひとつ覚えていない」

　意地悪く言ったが、半分は嘘だ。神経の記憶に残っている快楽だけは、まだ周平の色をしている。

「頭をさげれば考えないでもない。そうだな……。日本人お得意の土下座。あれをやってよ。あんたの部下はしたよ」

「土下座だと？　俺が？」

　眼鏡をはずした周平が進み出る。ニヒルな笑みを浮かべ、眼鏡を胸ポケットへ滑り込ませた。

「おまえにか。……偉そうなことを言うなよ」

　ジンリーの頬を摑もうとしたが、佐和紀に阻まれる。手首を払われ、二人の視線が衝突した。

　周平はとっさに佐和紀の手首を摑んだ。ねじり返される前に、ジンリーを突き飛ばす。そして佐和紀を抱き寄せた。

　まるでワルツの第一歩だ。優雅に大きく踏み込んだ足がリードを奪い、鋭い攻撃を予想していた佐和紀が翻弄（ほんろう）される。

「帰るぞ、佐和紀」

頭突きもできないほど近づいた額が、こつんとぶつかった。抵抗した佐和紀が胸を叩いても、周平のホールドは狂わない。

次の瞬間にはもうくちびるが重なる。周平が強く吸いついた。

手首を離した周平が佐和紀のうなじを強く掴み、くちびるの間で濡れた音が響く。

「んっ……んっ」

腰を抱いた手がキャミソールを撫でる。そして、チラチラと見え隠れする形のいいヒップを掴んだ。

「んーっ、んっ！」

ぶるっと震えた佐和紀の両手が、逃げ惑いながら周平のあごを押しのけた。それでもくちびるを舐めるキスは続き、舌が絡む頃には佐和紀の抵抗が弱まる。

「も……やだっ」

親指を口の中に突っ込まれ、どちらの舌も噛めないようにされた佐和紀が泣き声をあげる。周平の舌が唾液で濡れたくちびるをなぞり、しゃくりあげた佐和紀は無意識で快感を求めた。くちびるが周平を追いかける。

「周平……、もっと」

佐和紀は、忘れたはずの名前を口にした。

そして、やめて欲しくないと訴えたまま、ことんと糸が切れたように崩れ落ちた。

頭の中がオーバーヒートしたのだ。気を失った身体をしっかりと抱き寄せ、周平は満足げに片眉を跳ね上げた。

「きちんと処置してもらうぞ、ジンリー」

『う、嘘だ』

自分の術が破られたことのないジンリーは動揺する。信じられないとばかりに目を見開き、佐和紀へ取りすがった。身体を揺さぶって呼びかけるのは、ジンリーがつけたペットの名前だ。

「メイメイ。起きなさい。メイメイ！」

しつこく揺すると、佐和紀のまぶたが痙攣する。やがて静かに開いた。

「俺は……、パンダじゃない……」

「あっ」

ジンリーがへなへなとしゃがみ込む。それを追うように、佐和紀も片膝をつく。

「大丈夫か？」

「……もう、解けてる……」

ジンリーは唖然（あぜん）として言った。オーラでわかる。あれほどしっかりと自分の色に塗り替えていたはずが、何ひとつ残っていない。

心配そうにジンリーを覗き込んでいた佐和紀の肩へ、周平がタキシードのジャケットをかけた。

「う、わっ……」

やっと自分の姿に気づいた佐和紀は、袖を通したタキシードの前を、わざわざ開いて中を確認する。それから自分の身体をしっかりと包んだ。

「なに、これ！」

「俺じゃない」

「嘘つけよ！　おまえ以外にいるわけないだろ！　こんな変態なことさせんの……。もー、いや。絶対いや！」

「衣装はもらって帰るからな」

佐和紀に詰め寄られ、両手を見せながら後ずさった周平は、ジンリーに向かってのんきに言う。

そんなやりとりが届かない階段の踊り場で、一部始終を見守った岡村は倒れ込んだ。仰向けになり、夜が明けていく空を見る。

「星花。『神龍の宝玉』っていうのは……」

「そうだよ。ジンリーのことだ。人を惑わし、心を操る、催眠術師の、あの瞳のことだ。でも……やっぱり、岩下さんが最強だったな」

「それを言うなら、佐和紀さんだ」

二人はそれぞれの想い人を褒めたたえ、片恋の苦さを噛みしめる。

「約束通り、チャイニーズマフィアの幹部を紹介するよ……。その後、ね？」

熱っぽい視線でねだられ、岡村は自分の前髪をくしゃりと摑んだ。

「懲りないな、おまえは」

「今すぐ挿れられてもいいぐらいだ」

笑った星花は立て膝の上に、片腕を投げ出した。

佐和紀を横抱きにした周平を目で追う。ドレスシャツにどぎつい刺青を隠し、夜明けの空に向かって歩き出す姿は震えがくるほど凛々しい。

お姫さまのように抱えられた佐和紀は、怒っているようだ。それもそうだろう。状況をまだ飲み込めていない。

ぼんやりとした星花は、疲れの滲むため息をついた。

パオズがジンリーを叱り始め、そのそばで志賀がのろのろと起き上がる。そこへ駆け寄ってくるのは暁明だ。

すべてが大団円で収まった……のだろう。ただ、青島幇のこうむった被害は大きい。

そして、朝焼けの中で周平を睨む佐和紀は、拗ねたままで首へと腕を絡みつかせる。肩に頬を預け、大きくあくびをした。

8

各所へ向けた電話を終えて、タバコに火をつける。

ユウキたちに手配したホテルと同じ敷地に建つ、別棟のヴィラだ。大きなガラス戸の向こうに広がる海が朝の光に輝いている。

ベッドルームを覗くと、佐和紀はまだ眠っていた。周平のタキシードにくるまって目を閉じている顔は、今夜の一大事がまるで嘘のように穏やかだ。

後のことはすべて支倉に任せた。些末(さまつ)なことに周平が関わることを良しとしない男だ。方向性の指示だけ飛ばせば、トップは黙って報告だけを聞けばいいと思っている。

口うるさいところを除けば、よくできた男だ。

誰にでも長所と短所があると思いながら、周平は葉巻タバコの煙を吐き出す。舌先に残る苦さを味わいながら、佐和紀の足を見た。

ロングブーツはすでに脱がしてある。

手触りで高級品だとわかるストッキングをそのままにしたのは単なる趣味だ。目の細かい網タイツでもそそるのにと思いながら、これが自分の短所だと自嘲(じちょう)する。

くわえタバコで眺めていると、ごろっと寝返りを打った佐和紀が仰向けになった。タキシードの裾が下半身をうまく隠していて残念だ。見えそうで見えないじれったさを煽るように片膝を立てた佐和紀は、唸るような声を出しながら反対側へ転がる。

タキシードの袖に頬をすり寄せる仕草が、得も言われず愛らしい。

思わず笑ってしまいながら、周平はベッドへ近づいた。

キスぐらいで記憶が戻ると思ったわけじゃない。ハンドガンの銃口を向けられたときも辛かった。

それでも今は微笑んでいる。ベッド脇に座り、タバコを灰皿で揉み消して、佐和紀を覗き込む。

ジンリーに塗られた口紅が、くちびるに淡く残っている。

「悪かったよ」

眠っている佐和紀にささやいた。

あの弾が当たっていたら、佐和紀は後悔しただろう。どんな思いをするか。わかっていながら、佐和紀の胸に傷を残すことに心が動いた。それを打ち明けることはないが、そんな妄想に駆られていることも事実だ。

幸せすぎるせいだった。いつかどこかで逃げてしまう青い鳥なら、自分の意志で手放したくなる。

「んん……っ」

佐和紀のまつげが揺れた。また、ごろんと仰向けになって、薄目を開く。

「周平」

ふわっと笑われて、周平の胸は痛んだ。

「ここ、どこ……」

「房総半島だ。千葉だよ」

「……俺……船に乗ってなかった？」

記憶をたどる佐和紀は、ぼんやりとしている。ベッドサイドの目薬を取った周平は、コンタクトをつけたままの佐和紀の瞳へ垂らした。佐和紀はパチパチとまばたきをして、

「おまえと、した？」

周平の腕に指を伸ばす。周平が手を添えると、佐和紀は鼻先を近づけてくる。指に残るタバコの匂いを嗅ぎ、ゆっくりとまぶたを伏せた。

豪華客船での行為を思い出しているのだろう。そして、それから先のことも。

「何があった？」

目を開いた佐和紀が鋭い視線を向けてくる。嘘を許さないキツさにさらされ、周平は微笑み返す。

「おまえがジンリーの隠れ家に招待されて、シンが血相を変えた。それで、迎えに行った

んだ」

　いろいろ端折(はしょ)ったが嘘はついていない。佐和紀はいぶかしげに目を細める。

「信じないのか」

「信じてるよ。おまえの言葉は嘘でも鵜呑(うの)みにして……」

　身体を起こした佐和紀はぐぐっと伸びを取る。それから固まった。

「俺じゃないぞ」

「脱ぐ」

　表情を険しくした佐和紀は、タキシードを脱いだ。ベッドの下へぽーんと投げ捨て、キャミソールの裾を摑む。繊細な肩紐がちぎれそうになり、周平は笑いながら手を押さえた。

「ダメだ、着てろ」

「はぁ？　やっぱりおまえが着せたんだろ！　ヘンタイ！」

「俺が着せたんじゃないから言ってるんだ」

　手の甲を指先でたどり、拳に指を絡める。ベッドへ乗り上げ、自分の革靴の紐を片手で解く。

「脱がせるのは俺だ」

　手を離し、頰をなぞる。怒っている佐和紀の表情に、拗ねた気分が混じっていく。泳ぎ出した視線を追いかけて捕まえた。

「こんな格好、嫌だ……」

「どうして？　よく似合ってるよ。選んだのが俺じゃないのが悔しいぐらいにな」

靴を床へ落とし、靴下も脱ぐ。

ほどいていたリボンタイを首から引き抜き、シャツのボタンをはずす。

「想像以上にエロいな」

背中を抱きながら、身を寄せると、佐和紀は拗ねた顔のまま、周平の肩へ頬を預けた。

ライラック色のレースに合わせたシルクはラベンダー色だ。佐和紀が動くたびに艶めき、肌に添う。

「おまえは淑女みたいな顔をしてるからな」

あご先を摑んでのけぞらせる。

清楚なのに気が強い。高潔な気位の高さが潜んでいて、考えてみれば初めから周平の好みのど真ん中だった。気づいたのは結婚してからだ。

出会った頃の佐和紀は粗雑なだけのツンツンした『野良』で、周平も扱いに困った。そもそもなぜ困ったかというと、惚れたからだ。向こう見ずな愚かさが、佐和紀に限っては許せた。それだけのことだ。

「……迷惑、かけた？　覚えてないんだけど」

「忘れておけよ」

「……俺」

表情を歪めた佐和紀の身体が緊張する。

「俺が今から確かめるんだよ」

シルクの上から身体のラインを撫でる。

「エロ、いっ……」

雰囲気を出した周平の手を押さえ、佐和紀が肩を上下させた。

「その気になるだろう？　貞淑な妻を娼婦に変えるのは、俺だけだ」

「娼婦、って……」

「そういう淫らな気分にしてやるって言ってるんだ」

「やだ……」

「今だけはおまえに断る権利はない」

「……なんでだよ」

うつむいて身を引く佐和紀は、無意識に周平を責める。

「じゃあ、佐和紀。シンに電話して、どっちの言い分が正しいか聞くか？　あいつは今夜あったことを全部知っている」

「……怒ってるんだろ」

そっぽ向いた佐和紀が、消え入りそうに小さい声で言った。

言葉の裏には「怒らないで」とささやく佐和紀の甘えがある。

「おまえが、星花の手ほどきを受けそうになったことにか?」

「……周平」

やっぱり怒っていると言いたげな声に、肩の力を抜いた。結婚して三年。まだまだ新婚だ。佐和紀は幼な妻の風情で周平のシャツを掴み、男心をめちゃくちゃに掻き乱す。

そんな佐和紀をかわいいとしか思えない病気にかかっている周平は、そっとくちびるを合わせた。

言葉で言っても、佐和紀は信じない。

「んっ……」

ゆっくりとくちびるをこすり合わせ、佐和紀が好きな甘いキスする。舌も絡めない乾いたキスだ。互いの柔らかさをくちびるで感じ合う。

子どもだましのようなそれが、実は一番、情感を煽る。

心の奥から情熱が呼び起こされ、周平は佐和紀を抱き寄せたくなった。このまま貪るように身体を繋ぎたい。

でも、震えるまつげをそっと伏せる佐和紀に対しては、無体を強いることができなかった。

「確かめて……。何も、されてないか……」

不安を押し殺し、佐和紀がくちびるを噛む。そのいじらしさが周平を狂おしくさせる。

手を繋ぎ、もう一度キスをした。そのままうなじへとくちびるを滑らせる。

のけぞった佐和紀の喉元からは、甘いジャスミンの匂いがした。そう言うと、

「バリ旅行、思い出すよな」

佐和紀は無邪気に言った。そして、ハッとしたように自分の左手を確かめる。

「ある……。取り返してくれたんだ」

「返してきたんだ。ゴメンなさい、ってな」

奪われていたダイヤのリングにキスすると、佐和紀ははにかむように笑って肩をすくめた。

「これの代わりなんてないよ」

「そうだな。おまえの代わりもいない」

「周平もな」

指に頬をなぞられ、周平はぞくっと背を震わせた。

「周平の匂い……」

首にしがみついた佐和紀が、うっとりと吐息をつく。

汗と香水とコイーバオリジナルの匂いだ。

「ん……」

恥ずかしさを隠すように、いっそう強く胸を押しつけられ、肩甲骨をなぞっていた周平は、腰まで撫でおろした。ヒップを確かめながら佐和紀を膝立ちで足にまたがらせる。

「あっ……」

やわらかな肉づきを両手で味わうと、佐和紀は恥ずかしげに身をよじる。

「あきらめろ。逃げられないぞ」

「だ、って……」

軽いキスを繰り返すと、佐和紀の腰がわずかに焦れた。

「気持ちよくなってくれよ、奥さん」

ほどよい重みのヒップを揉みしだき、周平は艶めかしく笑いかける。

「それから、気持ちよくさせてくれ」

「あっ……ん、そんなに、揉むなっ……」

「いいんだろ？　こうされると、ナカに響くはずだ」

「い、や……」

肉を揺らされるたびに足先が動く。身を震わせ、伸び上がろうとする。

「あっ、は……っ。ん……」

指がいつ双丘の間に滑り込んでくるのかと期待している佐和紀に反して、周平はキャミソールの裾の中へ手を入れるだけだ。腰骨を押さえる紐をたどる。

「こんな布地の少ない下着をつけて……。隠せないだろう」

指が、股間を覆う布地に触れた。ここもレースだ。裏地も薄いオーガンジーだが、元から体毛の薄い佐和紀は処理なしで穿ける。布地を撫で回しながら、興奮している佐和紀の位置を上向きに変えた。先端が布地に収まりきらず飛び出す。

キャミソールの裾を佐和紀の手に持たせ、周平はそこを見た。佐和紀は顔を真っ赤にして、そっぽを向く。恥ずかしさは下半身と直結していて、膨らんだ先端が苦しげに跳ねる。でも、動きは下着の紐に押さえつけられたまま、窮屈そうだ。

「佐和紀……」

ささやいて呼ぶと、片手で肩に摑まった佐和紀はさらにくちびるを噛む。その心のどこに淫らなスイッチがあるのか。周平は丹念に探りながら、両手を潜ませた。

「女の下着を着ても、おまえのここは男だな」

布地の上から昂ぶりをなぞり、顔を覗かせる先端を指でこねた。同時に、開いた足の付け根にある欲望のタンクを手のひらに包む。

「佐和紀。すごく興奮する。……おまえのいやらしいここが、俺をこんなに煽ってるんだ。わかるか」

「な、にがっ……はっ……ぅ」

強がりを言おうとしながら、佐和紀はビクビクと腰を揺らした。

「レースの中で、こんなに大きくしてるだろう」

「んっ……はっ、ぁ……はっ」

亀頭の張り出しを指でしごき、先端から滲む体液を親指で広げてぐりぐりと刺激する。片手に包んだふたつのボールを優しくもてあそぶと、佐和紀は一際大きく伸び上がった。

「うっ、んっ……」

耳元でねっとりと誘う。

「アレ、してやろうか」

「……っ」

それだけで、快感を思い出した佐和紀は震えた。

「おねだりしてくれよ。なぁ……」

「ん……っ。ぁ……し、て……」

「違うだろう、佐和紀」

片手でキャミソールの裾を摑んだ佐和紀が腰を引く。周平は手のひらで亀頭を包んだ。

「言えば、させてやる」

「……ぁ」

喉を震わせた佐和紀が、甘い息を吐いた。

「オナニー、させ、て……。周平の、口で……」

「来い」

下半身から手を離し、佐和紀を抱き寄せる。くちびるにキスをしてから眼鏡をはずした周平は、大型のクッションピローを重ねたヘッドボードにもたれた。

その間も佐和紀の手首は離さない。

上に向けた人差し指で呼び寄せると、佐和紀は肩で息を繰り返した。下がったキャミソールの裾に手を入れ、みずからの股間を摑む。

膝で這う佐和紀のヒップをもどかしく引き寄せ、周平はシルクの生地ごと食んだ。くちびるで先端を探し、強く吸う。

「んっ、く……」

「おまえが自分で入れろ」

上目遣いで見上げると、佐和紀はくちびるを開いたままで喘いだ。

欲情に苦しむ目が、男の猛々しさを押し隠す。暴くまで時間はかからない。ほんの少し、背中を押すだけのことだ。

キャミソールの裾をめくった佐和紀は、興奮しきった息遣いで周平の身体にまたがる。

「んっ、周平……」

低い声で呼ばれ、くちびるを撫でられる。

「舐めて」

片手で支えた先端が、くちびるの端からゆっくりと動いた。

「なあ、くち、開けて……」

ぐっと押しつけられ、周平は意地悪く歯を嚙み合わせる。焦れた佐和紀が顔を歪めた。

「もっ……、おま、え……。イッちゃうだろ、バカ……」

耐えきれず片手で自慰を始めながら、声を引きつらせる。罵られた周平は、くちびるを開いた。

どんっと壁に手をついた佐和紀の肩から、キャミソールの紐がずれた。

「あっ」

ぶるっと震え、佐和紀がぐいっと腰を押し出す。

「……きもち、いっ……」

ぬるっと舌で受け止め、周平はくちびるをすぼめた。滴りそうなほど溜めた唾液の中に誘い込んだ佐和紀は熱い。

「く……っ。ん……」

声をひそめ、太ももをきつく緊張させる。後ろを突かれるときは違う、太い声の喘ぎだ。

激しく息を乱し、やがて腰を揺らめかせる。

「んっ、それ……。あ、あぁっ」

眉根を引き絞り、佐和紀はいっそう息を弾ませる。

「周平……っ、きもち、いっ……、いい……っ。いい……」

感じている反応を眺めながら、周平はなおも舌先で先端をいたぶった。童貞のままの佐和紀をくちびるで捕まえ、張り詰めた亀頭の隅々に舌を這わせる。裏筋の合わせ目を卑猥にもてあそび、尖らせた先端で鈴口を強くなぞる。ぐっと押し込むと、佐和紀は臆せず腰を出した。

「うっ、ぁぁぁっ」

ガクガク震える下半身を、周平は両手で支えた。

フェラチオなんてものは、佐和紀と結婚するまでの十数年封印してきたし、昔から自分のすることじゃないと思ってきた。

なのに、今は楽しいぐらいだ。佐和紀をただの男に戻して我慢させるのはたまらない。

「い、いく……」

「まだだ」

くちびるから先端を押し出し、周平はまっすぐに佐和紀を見た。

「イきたい……っ」

目に涙まで溜める佐和紀は、糸を引くような先端を持て余し、身体全体で息をする。

「我慢できないなら……」

「するからッ！」

あっさり手のひらを返し、佐和紀は大きく息を吸い直す。

「もっと、して……。だいたい、なぁ、気持ちよすぎんだよ……」

悪態をつきながら、周平の口へと乱暴に先端を押しつける。今度はさっきよりも深く差し込んだ。

身をかがめ、自分をくわえる周平のくちびるを何度も撫でる。

「女のアソコより、気持ちいいんじゃねぇの」

ふっと笑った顔が毒々しい。発散できない欲を持て余した佐和紀の視線に凶暴さが宿り、周平は胸をざわめかせる。

そうであるように、女以上だと思わせるように、しているのだ。

もし佐和紀の浮気心が疼いて、自分の性癖を確かめたくなったとしても、後悔だけを感じて帰ってくるように。

佐和紀の身体の本性にまで周平を刻む、徹底的なフェラチオだ。

腰を揺らした佐和紀は、自分のキャミソールの裾を摑む。チラチラ揺れるレースをたくしあげ、抜き差しされる自分自身を眺める。愛する男の奉仕を全身に感じて打ち震え、身悶えするほどの愛情に目を細めて奥歯を噛む。

快感を追って腰を使い、ずるっと引き出し、ずずっと進める。

「はっ、あっ……。たまんなっ……い……。周平、エロい……。すっげ、エロい」

　はぁはぁと息をしながら、自分が女装ランジェリーの倒錯的な姿であることも忘れ、汗で肌を濡らしながら腰を振る。

「も……、出したい。周平。やらしいの、出る。……なぁ、いい？　出していい？」

　ひと突きごとに呼びかけ、そのたびに生まれる唾液の卑猥な水音と、周平の乱れた息遣いに佐和紀は溺れていく。

「搾ってよ、周平。俺のミルク……」

　どこでそんな言い回しを覚えてくるのか。そんなことは教えた覚えがないと思いながら、周平は口いっぱいになってくる佐和紀をしごき立てた。

　気分を昂ぶらせて語りかけてくる佐和紀はいやらしくていい。卑猥なことを口にする快感に浸った雄を、この後で思う存分、自分の女にするのだ。

　そのときには、どんなささいな淫語にさえ佐和紀は身悶える。自分が言い出したことを繰り返され、それに気づきもせずに睨んでくる身勝手さにも周平は興奮してしまう。

「……もう、無理……っ」

　佐和紀の腰が止まらなくなった。根元まで押し込む激しさで、腰を振り立てる。

「いく……。いく……っ」

　我を失った佐和紀の根元を手筒で支え、周平はその射精を促した。強く吸い上げると、

「うっ……く」

天井と舌で圧迫された先端から、温かい精液がほとばしる。それほど濃くない液体を飲みくだした周平は、はぁはぁと肩で息をする佐和紀のヒップを引き寄せた。

「あっ……ふっ」

一滴残らず吸い出す勢いでしごき、根元から舐め上げて口から離す。でも、それで終わりにしなかった。

「んっ……！」

嫌がる前に、素早く濡らした指を双丘の間に潜り込ませる。

「やっ、め……」

言われてやめるはずもない。指をくねらせながら押し入れ、

「このキツさなら、何もされてないな」

自分自身にも言い聞かせて抜き差しを始める。

「はっ……ぁッ」

「雄イキしたのに、ここがゆるんでる……。いやらしい身体だ」

「おまえが、したんだよ！」

壁にすがりながら、佐和紀はふるふると身震いした。

周平の指に前立腺（ぜんりつせん）を刺激され、濡れた性器もまた強さを取り戻していく。

「そうかな。おまえが欲しがってる証拠だろう」

「んっ。んっ……。はっ……はぁっ……ぁ」

「今度は俺が、おまえのここで搾ってもらう番だ。熱いミルクをたっぷり飲ませてやるよ」

「……んっ」

軽くくちびるを噛んだ佐和紀は、せつなげに目をすがめた。

「い、いいよ……」

熱い吐息の尾を引きながら、周平の身体から下りる。

ぺたんと膝を合わせて座り、いまさらキャミソールの裾を引っ張って腰下を隠そうとする。髪を耳にかける仕草が悩殺的だ。

「挿れて欲しくなった」

背けた顔が、拗ねたような、怒ったような、複雑な表情になり、うつむいた瞬間には甘えに変わって見上げてくる。

身体を起こした周平は服を脱いだ。佐和紀には手伝わせず、見せつけながら一枚一枚ゆっくりと剝いでいく。

それだけで興奮する佐和紀は、両手を足の間についた。ぼんやりとした目で舌なめずりしながら、裾の中に指を入れる。

「俺の身体が好きか」

最後の一枚を残して視線で呼ぶと、佐和紀は膝立ちになって近づいてくる。

「好きだ」

「気持ちよくさせるからだろう」

周平の拗ねた言葉を、佐和紀が笑う。

「それだけじゃ嫌なの？」

「欲張りか」

「周平のぜんぶが、俺は好きなんだ。理由なんかない」

「じゃあ、気持ちよくさせなくてもいいのか」

「……もうされた後だけど……」

「満足したんだな」

にやりと笑われ、佐和紀は黙った。でも、瞳は笑っている。

「何を言われたいのか、わかんないけど……。次が周平の順番だなんて思ってない。まだ、して欲しいんだよ。わかってんのかな。挿れられたら、俺だって気持ちいい」

周平の下着を、佐和紀の手がおろす。飛び出るようにそり返る股間に目を細め、佐和紀はくちびるを尖らせた。

「こんなに大きくしといて、我慢できんの？　旦那さん。やせ我慢は身体に毒だよ」

「佐和紀」

抱き寄せて、周平は下着を足から抜いた。

どちらからともなく頬をすり寄せ、くちびるが重なる。後はもう濃厚なキスだ。

周平が佐和紀をベッドに横たえる。立てた膝を左右に割った。

「見んな……」

恥ずかしがった佐和紀は、どこを隠すべきか迷った手で顔を覆う。

「こっちまで恥ずかしくなるだろ」

答えた周平は、キャミソールの紐を肩からずらした。腕から抜く。小さな三角のレースは素肌が透けている。肝心な部分はリボンで隠されていたが、ほどけばいいだけのことだ。

「あっ……」

顔を近づけると佐和紀が逃げる。さっきまで周平の口を犯していた男と同じだと思えない。それでもどちらも佐和紀だ。最後にはふたつがひとつに溶け合って、周平を夢見心地の向こう側へ連れていく。そこは官能の世界だ。

歯でリボンをほどき、そのままくちびるで蕾(つぼみ)を探した。小さなそれはもうピンク色に染まって、ふっくらと立ち上がっている。待ちわびているような尖りを舐めると、

「あっ、ん……」

佐和紀の身体が大きく跳ねた。

「ここだけでイきそうか?」

正確には、もう軽くイッたのだ。さざ波のように揺れる身体を抱き、指でもう片方のリボンを解く。

「んっ……、あ。やだ……」

「乳首だけ出して、エロい。こうやっていじられるために割れてるんだろう」

「し、らな……っ」

手の甲を口に押し当て、佐和紀が引きつった息を繰り返す。

周平のいたずらなくちびると手で愛撫(あいぶ)される両方の乳首はぷっくりと腫(は)れ、レースの割れ目から突き出る。

「そうなんだよ、佐和紀。着たままセックスするためのランジェリーだ」

「し、下着っ……」

「ランジェリー」

周平の声で繰り返され、佐和紀は腰砕けになる。周平はさらに乳首をこねた。

「エロい声で……言うな……」

「おまえの声の方がエロい」

答えた周平が、佐和紀の手を摑んだ。

「塗って」

手のひらにローションを出し、充血した肉の塊を渡す。先端を濡らした周平の形は、暴力的なほど力強い。

根元からゆっくりと手を滑らせ、先端を摑んで、また根元へと戻す。

「気持ちいい？」

佐和紀の手の中で、待ちきれなくなった熱が跳ねた。

「誘ってくれ」

胸を近づけた周平がねだると、腰にシルクのキャミソールで布溜まりを作った佐和紀は足を開いた。

布地の少ないレースの三角ブラに、腰へ食い込む紐。それから揃いのガーターベルトまでつけた佐和紀は、自分の手で周平の切っ先を誘い、しどけなく目を伏せた。

女装の倒錯を通り越したセクシーさだ。

周平は息を乱し、物静かな佐和紀の誘いに応える。指先の先導に従って、腰を進めた。割れ目に挟まるTバックの紐を引っ張ってずらし、鈴口ですぼまりにキスをする。ぐっと体重をかけた。

「んっ……」

佐和紀があごをそらす。周平はふいに腰を引き、もう一度、押し当てる。

「……ダメ」

佐和紀の腰がねじれながら追ってくる。

「来て……。おかしくさせて……」

待ちきれずに淫らなスイッチを入れた佐和紀は、淑女のしとやかさを秘めたまま粗雑な男の顔で艶笑する。ガーターをつけた足が腰を撫で、いつもと違う感触に周平は身震いした。

欲情がパチンと弾け、佐和紀の膝の裏に手をあてがう。組み敷いた身体を二つ折りにしながら、欲情の強さだけを頼りに欲望を突き立てる。

ずぶっと、ぬめりの中に亀頭が沈んだ。

「ん、ぁ……っ」

くちびるを開いた佐和紀の舌を指で追うと、ぬるりと舐められる。吸われながら舌をもてあそび、周平はさらに奥へ進んだ。

圧迫感を感じる互いが同時に息を飲む。

感覚が重なり合い、一緒になって肌を粟立たせる。痺れた腰をよじらせた周平は、佐和紀の片足を、腰に巻きつけさせながら撫で回す。

「んっ、んっ……」

ピストンのたびに、周平の先端が佐和紀の奥へ入り込み、佐和紀の喘ぎは高くなったり低くなったりを繰り返す。

「あぁっ。しゅう、へい……っ」

とろんとした目が、愛情をねだる。髪を掻き上げた周平は、応えて瞳を覗き込む。

愛はいつも、互いを見つめる、ただそれだけのことだ。

そこに優しさが絡み、欲や嫉妬がぶらさがり、せつなさが肉体の繋がりを求める。

「いい身体だ」

佐和紀の上で腰を揺らしながら、周平はささやいた。

いやらしくて淫らで貪欲で。いつまで経っても処女めいた硬さがある。なのに芯は熟しきって蕩けているのだ。

「あ、あっ……んっ……」

乳首を摘まんで揺らすと、シーツを掴んだ佐和紀が上へと逃げた。身体で追い、過敏に反応した場所をゆっくりと刺激し直す。

「そこばっか……ダメ」

「おかしくさせろって言ったのはおまえだ。泣かせてやる」

「やだ」

そう言えば、周平の気持ちが萎えると思っているのか。それともわざと煽っているのか。

男心を掴んでいるようで外している佐和紀は、腰を浮かした。

周平が突きやすいように動いてしまうのは、快感を追いたい本能だ。応えた周平は荒々しく腰を打ちつけた。淫らな水音が部屋に響き、佐和紀はそれが嫌だと言いながら身をよじらせる。

「おまえが食いついてくるから、鳴るんだ」

「違っ……」

「じゃあ、力を抜いてみろ」

「……っ」

　佐和紀の身体を覆っていた緊張がほどけ、周平は間髪入れずにさらに奥へと身体をねじ込んだ。

「ひ、ぁ……」

　背をそらしてのけぞった佐和紀に文句を言わせず、激しく責め立てる。ずぶずぶと動く肉身が、佐和紀の狭さをこすり拡げていく。

「ぅ、っ……はっ……ぁっ」

　シーツを掴んで、さらに逃げようとする佐和紀は、膝を閉じた。それをひとまとめに抱き寄せ、肩に担ぐようにしてピストンを続ける。佐和紀の足が熱を帯び、汗がしっとりとストッキングを湿らせた。

「あっ、はっ……ぁ」

　のけぞったり、あごを引いたりするたびに漏れる声は、甘くしどけなく周平の心を掻きむしる。欲望はとどまることなく溢れ、佐和紀の奥をえぐった。

「な、んか……」

シルクの布溜まりを掻き分け、佐和紀が自分の下腹部を押さえた。

「熱い……」

涙を溜めた目がせつなげに訴える。

「来そうか」

「ん。来る……」

静かにうなずいた佐和紀の身体が急にびくんと跳ねた。手が腰に溜まったキャミソールを鷲摑む。

「あ、あっ……」

抑えきれない声を振り絞り、佐和紀が身をよじった。

穏やかな絶頂を迎える身体の奥から痙攣が起こり、深々と収めた周平は揉みくちゃにされる。

「い、やっ……っ」

ゆっくりゆっくり引いていく感覚の中で、佐和紀は必死になって摑まる場所を探す。それは周平が押し戻した両足だ。濡れたストッキングの膝裏を抱きしめ、佐和紀は身をかがめた。

「そこっ……。あぁっ、あっ、ん……そ、こ……っ」

吸いつく肉壺となった佐和紀の中で、周平はリズミカルなピストンを続けた。同じ場所を執拗にこすり、先端を押しつける。ぐりぐり刺激すると、佐和紀が中途半端に悲鳴を飲み込んだ。

「んーっっ……、んっ。あっ、あっ……」

波が来るたびヒクつく佐和紀の太ももの裏を撫で、二人の甘く絡んだ下半身を見た。赤く充血した佐和紀のアヌスは限界まで押し拡げられ、なおもひくひくとうごめく。そこを出入りする赤黒い周平は濡れそぼり、どちらも目眩がするほど生々しい。

「周平っ、あっ……周平っ……」

自分の足に抱きついた佐和紀が限界を訴える。

「とまら、ないで……。突いて、もっと……。もっとっ。あっ、あっ。来る、来るっ」

快感に夢中になった声で、周平を急き立てる。言われなくても止まれない。ただ射精欲だけをひたすら我慢して、腰を振る。佐和紀はいっそう大きく足を開き、両手で周平を抱きしめる。

「いいのっ、来る……っ」

ぎゅっとしがみつかれ、身悶えながら逃げる身体を腰で押さえた。突き立て、引き抜き、奥をえぐって打ち込む。

佐和紀の息が細く引きつれ、言葉が言葉でなくなり、周平の背中に爪が食い込んだ。

イキ続けている佐和紀の首筋を支え、のけぞりたがる身体が筋を傷めないように引き寄せた。

「ああっ！　あっ、あぁっ！」

うわずって裏返る声を振り絞り、佐和紀が快感に打ち震えて絶頂する。

身体がガクガクと震え、怯えた目が周平へ助けを求めた。

強烈なナカイキのオーガズムが、佐和紀の身体に押し寄せていた。身体のコントロールの一切が奪われる絶頂が続く。

その最高潮の中で、佐和紀は奥歯を噛みしめる。

硬直したように緊張する身体を、周平は激しく揺さぶった。昂ぶりが掻き分けている肉はぬるぬると濡れていたが、ぎゅっとすぼまり、抜くのも押し込むのも苦しいほどよく締まる。

周平も佐和紀も、自分が駆け上がることだけを追いかけた。

それでも互いの想いは絡まり、声をかけ合うように見つめ合う。

「あぁっ！」

佐和紀ががくんと揺れた。緊張の糸がプツリと切れ、甘い悲鳴がくちびるをひっきりなしに震わせる。

絶頂の波にさらわれた佐和紀を追いかけ、周平も動物的に低く唸った。動かなくても絞り出される感覚の中で、ただひたすら、本能のままに腰を打ちつける。

佐和紀を抱き寄せ、乱暴にくちびるを貪ると、

「い、やっ……。やだっ……」

泣き声で見悶える。佐和紀の感じる絶頂がどんなものか、周平には想像がつかない。気持ち良さを通り越して、痛みを感じるような顔で、佐和紀は身をくねらせる。

コントロールを失った身体は、岩場を飛び跳ねる若鮎（わかあゆ）のようだ。よじれる腰にねだられ、周平は熱を放つ。射精が始まると、涙で濡れた佐和紀の目にせつなく見つめられる。同じように周平も、せつなさで目を細めた。

出した後も、周平はぴったりと寄り添う。佐和紀の痙攣が止み、腰の動きが治まるまで待つ。……つもりが、途中からまた充血が始まる。

「んっ……バカッ」

絶倫を責めるような佐和紀の顔は、悲喜こもごも入り乱れている。でも、ほぼ喜びだ。

「壊れる」

甘い一言を本気で言われ、周平は息を詰まらせた。下半身が痛い。

「壊してやるよ。もう一回、マジイキさせてやる」

「やめ、っ……」

答える先から佐和紀の腰は期待で揺れ、びくびくと震えながらのけぞる。

「身体は喜んでるよな……」

言いながらガーターベルトの留めをはずした。ストッキングを脱がし、生肌を艶めかしくたどって、露出している佐和紀の中心部を指で撫でる。

互いの身体に挟まれて射精してしまったのだろう。溢れた精液で濡れている。

「イってたのか」

「は、ぅ……っ」

周平の手の動きに合わせて、腰が動く。

「もっと欲しがれよ。いやらしいこと、たくさんしてやる」

周平のキスにさえ、佐和紀の身体は乱れて弾む。佐和紀はイヤと答えた。だけど答えはイエスだ。

「次は乳首をいじりながらイこうな」

卑猥な男のささやきに耳から犯される。

胸元を這う舌先を迎え入れ、佐和紀はしどけなくのけぞった。

9

中華街の喧騒から離れ、平日デートを楽しむ佐和紀と周平はカフェの一席に落ち着いた。裏路地にある『月下楼』だ。

二人の来店に驚いた暁明が奢（おご）りますと申し出たが、周平は断った。

飲み物のセレクトは暁明に任せ、佐和紀だけが杏仁（あんにん）豆腐のデザートを追加で頼む。

周平の服は薄手のこなれたジャケットにインディゴのジーンズ。くだけたプライベートのオフスタイルだ。向かい合って座る佐和紀は、淡い灰色の細縞（ほそじま）と茶色の小格子を追っかけで仕立てた紬（つむぎ）を着ている。

「ジルバ？　踊れるけど、それがどうしたんだ」

何気ない話の流れで問われた周平が答えると、佐和紀は目を丸くした。船上パーティーから一週間。今日のデートは佐和紀の誘いだ。

「俺、踊れるって言うからパーティーに行ったんだ……」

「おまえはときどき想像の斜め上を行くな」

「何が？」

「そんなにがっかりするんだったら、今度はちゃんとした社交パーティーに連れていってやるよ。裏で乱交してないヤツな」

周平は声をひそめた。店内の客は奥にいる若い女の子の二人連れだけだ。

「そこだったら、ジルバ踊れる？」

「……聞いておくよ。その場合、おまえはどっちをやるんだ」

「はぁ？　決まってるだろ」

「それならチャイナで行くなよ」

「どっから見ても男なんだから、いいじゃん」

「あー……」

周平が思わず言葉を探したところで、パオズが注文を届けに来た。

「二人お揃いで驚いたネ」

それぞれの前に中国茶を置き、佐和紀には杏仁豆腐も添える。

「ちょっと、サービスしておいたアル」

「マジで。どうも、どうも」

佐和紀がいただきますと手を合わせ、周平はパオズを見上げた。

「あれは素直に帰ったか」

「もちろんアル」

パオズが表情を硬くしたのは、周平からジンリーに与えられたお仕置きを思い出したからだろう。その付き添いをしたパオズも、周平の舎弟たちが『お仕置き部屋』と呼ぶ場所へ足を踏み入れたのだ。

「おかげで、少しは世間がわかったネ。あと、あれヨ。逆らったらダメな人いるコトもわかったアル。ありがたいネ」

「少しはおとなしくなりそうか」

「まぁ、ほどほどが大事ネ」

話を切り上げたパオズは一礼して離れていく。

暁明からの謝罪はすでに岡村経由で聞き、周平は今回の件をそれで終わりにした。こんなふうに偶然を装うならいいが、交流を持つべき相手じゃない。しかし、それは周平だけの都合だ。佐和紀は関係ない。

「周平も一口いる？　おいしいよ」

スプーンを差し出され、周平は笑いながら腕組みを解く。開いた口に冷たいデザートがするっと入る。

「なー。おいしいだろー？　俺ね、こっちも食べたい」

メニューを指差され、周平はカウンターを振り向いた。

暁明と話していた男が振り返り、顔色ひとつ変えずに会釈をした。店員の態度で近づいてきて、仏頂面のまま接客する。

　メニューを押さえる佐和紀の指先の文字を読み取り、

「オーギョーチひとつでいいですか」

　志賀は淡々と言った。

「船で会った」

　指差す佐和紀の手を、周平がそっと押さえる。

「人違いだ」

「え？　そんなことない」

「……人違いだ」

　周平に繰り返され、佐和紀は小さく唸った。相手の男がにこりともせずに口を開いた。

「暁明の友人だそうですね。俺はこの店でバイトさせてもらっている志賀です。今、暁明が手土産を用意していますから、ぜひ持って帰ってください」

「お茶？」

「うちは量り売りもしているので」

「へぇ」

　佐和紀が目を輝かせたのを見て、周平は軽くあごを引いた。

「見せてもらってこい。おまえの友達だろう。遠慮するな」

そう言われた佐和紀が無邪気な笑顔で立ち上がる。席から離れていくのを見送り、

「ケガはもういいのか」

周平は椅子の背に腕をかけた。楽しげな佐和紀を眺めながらの言葉に、志賀は小さくため息をつく。

「一週間で治るわけないでしょう。こう見えて、腕にヒビが入りました」

「折れなくてよかったじゃないか」

「野放しにしないでくださいよ」

「人間に首輪はつけられない。俺とおまえも野良みたいなものだろう」

「……こっちに入らないでください」

「冷たいな」

ふっと笑ったのは、佐和紀が振り向いたからだ。トットットッと戻ってくる。

「茶器、っていうの、買っていい？　京子姉さんにもあげたいんだけど」

「プレゼント用に包んでもらってこいよ。一緒にお茶もな」

「はいはーい」

二人きりの時間に上機嫌な佐和紀は、事件の翌日も周平に抱かれた。あのホテルで二泊目を過ごしたからだ。

汗と精液と唾液にまみれた身体を洗い流しては幾度となく抱き合い、身体の芯まで、し

っぽりと満たされた。

帰ってこない二人に世話係たちが焦れたことなんてどうでもいい。支倉はすべてを知っていたのだから、調整は済んでいたのだ。

「おまえはちゃんと言いつけを守ったか」

「確認に来たんですか……」

「いや、聞くまでもない」

あの日のことは暁明がきっかけだった。その上、ユウキまで巻き込まれたのだ。

依頼に含めて、志賀に『お仕置き』を言いつけた。もちろん、ベッドの上でのことだ。

それが実行されたかどうかに興味はなかったが、佐和紀と話す暁明を見れば結果は明らかだ。ほがらかな笑顔は佐和紀と同じで、心から満たされている。

「……ヒビはどうした」

ケガを負ってのセックスは困難だっただろう。周平が視線を向けると、
志賀は真顔のままで言った。

「折れてはないですから」

二人はそのまま黙る。志賀がカウンターへと戻っていき、周平はカップを手に取った。

ジャスミンの香りが鼻先をくすぐり、ベッドの上の佐和紀が甦る。最後には残り香も消えて、いつもの佐和紀の匂いになった。

周平を安心させる、優しくて甘い家庭の香りだ。

店の外に目を向けると、見慣れた顔が揃っていた。騒がしい二人がこれ見よがしに手を振り、保護者のような岡村は申し訳なさそうに頭をさげる。

周平はしかたなく、世話係の三人を手招いた。

「なんだよ。来るなよ」

姿を現した三井に、佐和紀が眉をひそめる。石垣と岡村は佐和紀に挨拶（あいさつ）してから周平の席まで来た。

「すみません。お邪魔して」

一人は陽気に、一人は見た目だけ申し訳なさそうに言う。

「何の用で来たんだ。今夜は港の見えるホテルにしけこむ予定だ」

「それはいいですけど、みんなで飲茶（ヤムチャ）もいいかと思って」

石垣がにこりと笑う。

「よくない」

周平が舌打ちして言うと、背後から腕がまわる。着物の袖から突き出た佐和紀の腕だ。

「いいじゃん。飲茶。それから、みんなで氷川丸（ひかわまる）見に行こ」

「佐和紀……。飲むつもりだろう」

「この前、シンと行った店がおいしかったよ」

佐和紀の無邪気な一言で、テーブルの上が凍りつく。

周平は目を細め、石垣は目を据わらせる。

「……そうですね。じゃあ、予約を」

と岡村が腰を浮かせた。

「佐和紀。他にはどんな店へ行った？」

「何がおいしかったんですか」

周平と石垣が矢継ぎ早に質問を飛ばし、岡村はすごすごとその場へ戻る。

「えーっと、フレンチとイタリアンはデザートがおいしくて。ラーメンもよかったな。あの、おまえの地元のラーメン屋」

「地元……」

石垣が声を沈ませる。

「へぇ、シン。おまえ、佐和紀と地元で遊んでるのか」

「友人が、開いた店なので……」

「なに、これ。公開処刑？」

カウンターから戻ってきた三井が目を丸くする。

「ちょっと、やめてくださいよ。せっかくなのに雰囲気悪くするの」

誰に言うでもなく口にして、三井は石垣の隣に座る。

「おまえが来たからだよ。周平の機嫌が悪くなった」

佐和紀が言うと、三井がくちびるを尖らせる。

「それはこの二人のせいだろ。アニキ相手になにを張り合ってんだか」

「だから、どうして来るんだよ」

「アニキの貴重な休日だぞ。おまえが独り占めするな」

「俺がしないで誰がするんだ」

「姐さんは、夜があるデショー」

「おまえだって、飲みに行ってんじゃねぇか。俺はその間、家で留守番してんだぞ」

「だって、アレは仕事の一環だし」

「店の予約をしてきます」

岡村が立ち上がり、佐和紀の注文したデザートが運ばれる。

「あ、うまそう」

「ちょっ、タカシ！　おまえが先に食うな！」

佐和紀が声をあげ、間髪入れずに石垣が三井を張り飛ばす。

「周平！　おまえの舎弟が取った！」

「わかったよ。返すよ」

皿を差し戻す三井の頭を、石垣がもう一度平手打ちにする。

「……おまえら、摘まみ出すぞ」

額に手を当てた周平はすくりと立ち上がり、奥の席で何事かと振り向いている女の子たちへ近づく。三井と佐和紀が小声でおまえのせいだと言い合い、石垣が三井を一方的に責める。女の子たちの席の伝票を手に通り過ぎた周平は、迷惑料代わりに飯食代を支払う。

「悪いな、騒がしくて」

「いえ、どうぞご贔屓(ひいき)に」

レジを打った暁明は肩を揺すって笑う。その横から志賀が現れた。

「俺の仕事だ」

「え？　もう……」

「俺の仕事だ」

周平と関わらせまいとする志賀は、戸惑う暁明をぐいぐいと押しのけた。

「話したぐらいで妊娠させないけどな」

「男と結婚できる方法を教えてください」

真面目に言った志賀の背中を、暁明が拳で殴った。不意打ちを食らった志賀が思わず咳(せ)き込む。

「それじゃ、当分無理だな……」

志賀のようにガサツでは、なるものもならない。そこへ佐和紀がやってきた。

「ユウキと能見も呼んでいい？」

承諾を得るのも早々に、外で予約を取っている岡村へ人数の変更を伝えに行く。

テーブルでは、三井が能見たちに連絡を取っていた。

「星花も呼ぶ？　それで……」

「佐和紀。それはまだ早い」

周平は静かに釘を刺した。暁明と志賀を数に入れるわけにはいかない。佐和紀の友人であっても、周平とは無関係であるべきだ。

「修羅場になりますよ」

「ん？」

戻ってきた岡村が口を挟んだ。

佐和紀が首を傾げる。周平と岡村とここにはいない星花を見比べるようにして、はぁぁっと長いため息をついた。

「めんどくせ」

その一言で済ませてしまうのが佐和紀だ。三井と石垣を誘ってタバコを吸いに出る。

「困った人ですね」

独特のニュアンスでつぶやく岡村の肩に、周平はポンッと手を置いた。

「おまえの餌付け大作戦の顛末でも聞こうか」

テーブルに引っ張っていって、座らせる。店内に流れる胡弓(こきゅう)の音が静かだ。

「そういうことじゃないんですよ。たまには外で食べたいと、おっしゃるので」

「フレンチにイタリアン。地元のラーメン屋か」

「たまたまです」

「自分で墓穴掘ってるぞ。それとも」

「何もしてません。手だって握ってません」

岡村はムキになって答えた。

「それぐらいしろよ。意気地がないな」

「い、いいんですね……」

「そんな顔で言うことか。掘った墓穴にハマってんだな、おまえは」

必死になっている舎弟を相手に肩を揺らして笑い、周平はカップのジャスミン茶に口をつける。

「そういえば、先に屋敷へ入って、何してたんだ」

「……何って」

「星花に聞いた方がいいか」

周平の言葉に、岡村は苦笑いを返した。

「何もありませんよ。佐和紀さんを返してもらえるように土下座しただけです」

岡村と星花は、あの夜のことを口外しないと決めている。知られて困るようなことはないが、それでもじんわりとした罪悪感に苛まれるからだ。

佐和紀は相変わらず、店の外で三井たちとじゃれている。

楽しそうな笑い声がかすかに聞こえ、岡村は静かに目を伏せた。

周平を見た佐和紀がはにかむように微笑む。視線で受け止めた周平も、幸福そのもので手を振った。

横浜を根城にする二人は、今日も、誰もがうらやむ、仲睦まじい夫婦そのものだった。

あとがき

こんにちは、高月紅葉です。仁義なき嫁シリーズ第二部第六弾『横濱三美人』をお届けします。今回は番外編みたいな一冊です。同人誌『横濱三美人＋1』（プラスワンと読みます。佐和紀と星花と暁明、そしてユウキ）として上下巻で発行されたものを再構成しました。電子書籍では志賀×暁明、能見×ユウキの濡れ場（お清めエッチ）もありますので、そちらも是非。暁明はアズ文庫刊『用心棒にキスの雨を』、ユウキはラルーナ文庫刊『春売り花嫁とやさしい涙』『春売り花嫁といつかの魔法』においてメインです。

佐和紀の記憶が欠けている部分について、少しだけですが今後と関わる部分があるので、文庫版では本編に組み込みました。

今回はあとがき一ページということで、最後になりましたが、この本の出版に関わった方々と、読んでくださっているあなたに心からお礼を申し上げます。これからも佐和紀の成長と、まわりの気苦労を見守ってくださいませ。よろしくお願いします。

高月紅葉

本作品は同人誌『横濱三美人＋１』に加筆修正しました。

ラルーナ文庫

この本を読んでのご意見・ご感想・ファンレターなどお待ちしております。**〒111−0036 東京都台東区松が谷1−4−6−303 株式会社シーラボ「ラルーナ文庫編集部」**気付でお送りください。

仁義なき嫁　横濱三美人

2018年10月7日　第1刷発行

著　　　者｜高月 紅葉
装丁・DTP｜萩原 七唱
発　行　人｜曺 仁警
発　行　所｜株式会社 シーラボ
〒111-0036　東京都台東区松が谷 1-4-6-303
電話　03-5830-3474／FAX　03-5830-3574
http://lalunabunko.com
発　　　売｜株式会社 三交社
〒110-0016　東京都台東区台東 4-20-9　大仙柴田ビル 2 階
電話　03-5826-4424／FAX　03-5826-4425
印 刷・製 本｜中央精版印刷株式会社

ISBN978-4-87919-967-6